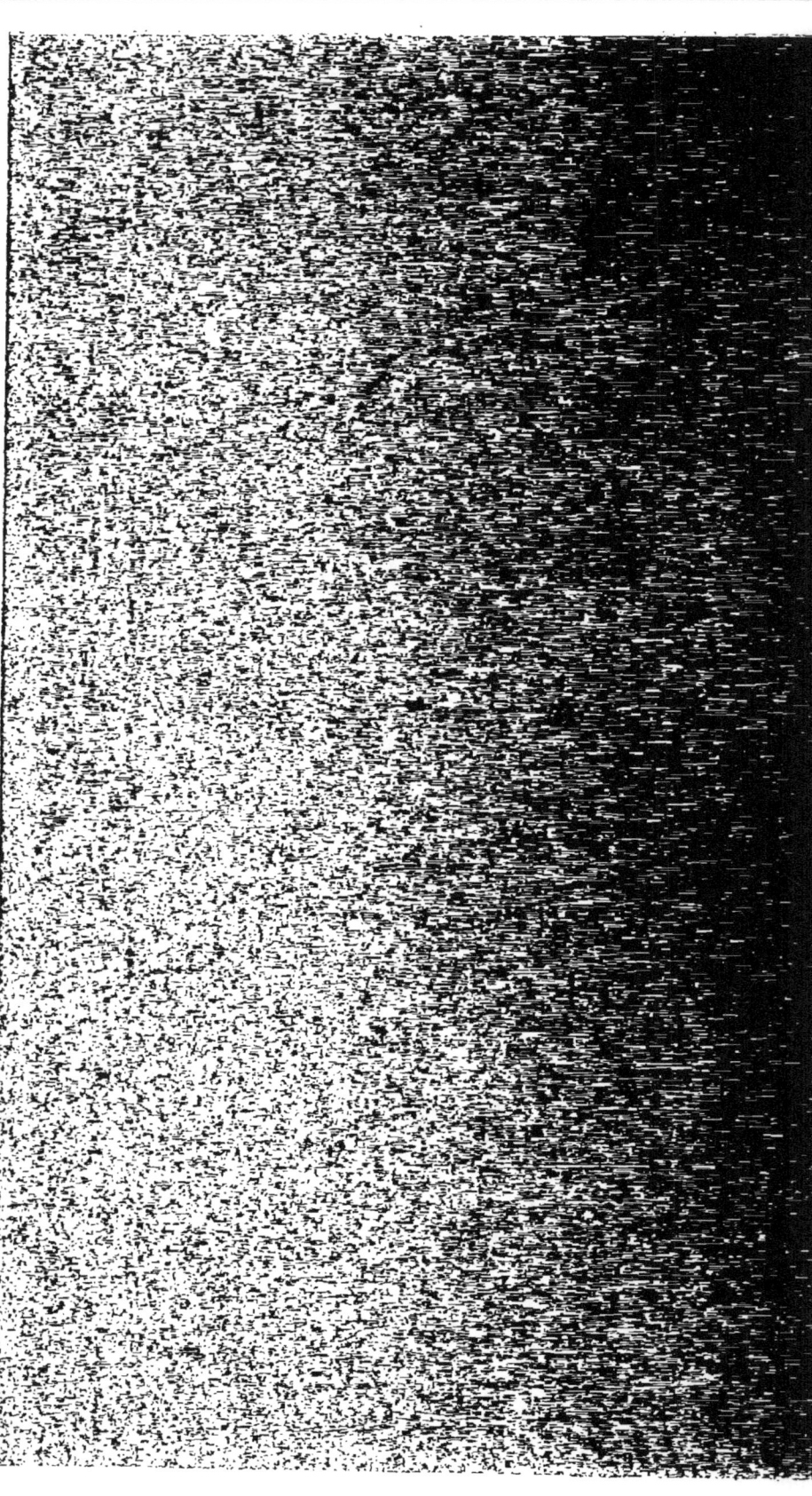

LETTRES

SECRETTES ET AMOUREUSES

DE DEUX

PERSONNAGES CÉLÈBRES

DE NOS JOURS.

TOME PREMIER.

À PARIS,

Chez {
POUPLIN, Libraire-Éditeur, rue de la Huchette, n°. 26;
CUSSAC, Imprimeur-Libraire, rue Montmartre, n°. 3o.

~~~~~~

1817.

LETTRES

SECRETTES ET AMOUREUSES.

DE L'IMPRIMERIE DE CUSSAC,

RUE MONTMARTRE, N⁰. 3o.

AVIS DE L'ÉDITEUR.

LE hasard nous ayant procuré le manuscrit de ces Lettres, nous les avons lues avec le plus vif intérêt, et nous avons cru que le Public nous sauroit gré de les imprimer. Ce n'est point un roman : c'est la correspondance véritable de deux amants qui s'écrivent dans la chaleur d'une passion récente et partagée. Tous ceux qui ont aimé retrouveront ici les espérances, les allarmes, les tourments et les plaisirs qu'ils

ont souvent éprouvés eux-mêmes.
Les femmes sur-tout, qui ne
vivent que d'émotions, et qui les
doublent en les communiquant,
dévoreront ces pages brûlantes,
empreintes de l'amour le plus
passionné ; elles pardonneront à
quelques négligences de style,
bien excusables dans ces moments d'ivresse, où l'ame s'é-
chappe toute entière.

PRÉFACE.

Cette correspondance de deux amants est d'autant plus intéressante, qu'elle est l'ouvrage de deux personnages aussi célèbres par leurs talens que par le rôle qu'ils ont joué dans le monde. D'un côté, nous voyons une femme ornée de tous les dons de la nature, et de tous les charmes que peut y ajouter la culture des arts; de l'autre, nous retrouvons dans un philosophe et un savant du premier ordre, toutes les qualités de l'homme aimable et les vertus de l'homme sensible. Il est curieux d'examiner la lutte amoureuse qui s'exerce entre deux individus aussi remarquables. Les détails qu'elle renferme, sont, pour l'observateur, de nouvelles expériences sur le cœur humain.

Les ouvrages de ce genre, qu'on cite dans notre langue, ont cela de particulier, qu'ils sont dus à des écrivains très-distingués.

Le premier, comme on sait, est de J.-J. Rousseau. Quoiqu'il ait dit dans la préface de sa *Nouvelle Héloïse* : Une femme qui lira ce roman est perdue ; il y a bien peu de femmes qui ne l'aient dévoré , ne fût-ce qu'à cause de la défense. Rousseau , dans ce roman épistolaire , a suivi l'impulsion d'un cœur qui abondoit en effusions de sentiments. Sous les noms de Julie et de Saint-Preux , il s'est peint luimême. Tour-à-tour il emprunte dans son style la douceur de la femme et l'énergie de l'homme : il en est de lui comme d'un auteur dramatique , qui se transforme dans ses personnages , et les fait agir et parler, d'après les convenances du sujet et de l'action. Mais la feinte paroît toujours ; et pour l'interêt , rien ne remplace la vérité.

Après ce grand homme , un

poète connu par des idylles charmantes, a essayé de reproduire
les amours de deux habitans de
Lyon , que Rousseau , lui-même ,
avoit immortalisés par une épi-
taphe , dont le dernier vers a
été cité très souvent :

Le sentiment admire et la raison se tait (1).

Cette correspondance épistolaire n'a pas obtenu toute la réputation qu'elle méritoit. Peut-

(1) Ces amants que leur famille ne
vouloit pas marier, se rendirent tous
deux à l'autel qui devoit recevoir leurs
serments, et se tuèrent de deux coups
de pistolet tirés à la fois. Ils s'unirent
ainsi dans la mort , ne pouvant s'unir
dans la vie. Le vers de Rousseau a trait à
cette action extraordinaire.

être en faut-il attribuer la cause au romanesque qui règne dans l'ouvrage. Léonard, tout sensible qu'il étoit, n'a pu que faire parler les deux amants, comme il auroit parlé lui-même. Et l'on sait, en pareil cas, combien l'art est au-dessous de la nature.

Le seul ouvrage qui ait remporté un grand succès, précisément parce qu'il étoit fondé sur la vérité, ce sont les *Lettres de Mirabeau à Sophie Ruffey*, écrites du donjon de Vincennes. Mais ici, Mirabeau, quoique très passionné, parle seul ; et, en fait d'amour, le duo est préférable au soliloque. Quoi qu'il en soit, cette correspondance est un ma-

gasin de connoissances. On est
épouvanté du grand nombre de
livres que Mirabeau avoit lus,
digérés, commentés, analysés.
On voit en quelque sorte le pri-
sonnier de Vincennes préluder à
sa gloire comme orateur, et mé-
diter dans les fers la liberté future
des nations.

La correspondance que l'on
publie aujourd'hui a le sceau de
la vérité. Ce sont deux amants,
pleins d'estime l'un pour l'autre,
qui ont besoin de s'épancher. La
femme qui, d'après les convenances sociales, doit avoir plus
de retenue; ici, comme dans la
nature, a plus d'abandon en ex-
primant la plus vive de ses affec-

tions. C'est même souvent un délire qui choqueroit, si la passion ne portoit avec elle son excuse. Nous sommes sûrs que les lecteurs s'identifieront souvent avec l'amante qui a écrit dans un style si brûlant. Les anciens n'ont connu qu'une Sapho ; et si les modernes pouvoient en avoir une, nous avons désigné celle qui mérite de l'être, et qui seroit la seule à ne pas se douter qu'elle le fût.

Avant de nous arrêter sur les parties de cette correspondance qui réclament nos éloges, nous allons livrer à nos critiques une opinion qui est empruntée à l'historien de la nature. Buffon

*a**

dit *qu'il n'y a de bon en amour, que le physique;* et nous retrouvons cette idée dans une lettre de Mme ★★★. (1) Si c'étoit un sentiment, elle seroit coupable; mais elle n'est que complice.

Nous ne chercherons pas à réfuter une telle hérésie en amour.

L'homme a d'autres jouissances que les animaux, dans la plus enivrante des passions; et comme a si bien dit Voltaire : Pour l'homme, *l'amour est l'étoffe de la nature que l'imagination a brodée.* Voilà le mot de Buffon réfuté d'un trait. On sait que les femmes ne le lui ont pas pardonné;

(1) *Voy.* t. 1, p. 85 de ce Recueil.

et qu'un jour Mme. de Pompa-
dour lui dit à ce sujet : *Vous êtes
un joli garçon !*

Parmi les morceaux pas-
sionnés, on trouve, dans cette
correspondance, des questions
de morale et de littérature, sou-
mises à la discussion. En voici
une sur-tout que nous ne devons
point passer sous silence, et qui
donnera une idée du talent de
Mme *** dans ces matières.

« Quel est des deux sexes le
plus propre à l'amour ? Je vais
tâcher de plaider pour le mien.
Montaigne, qui a si bien connu
ou deviné la nature, et qui nous
a volé il y a deux cents ans, une
partie de la philosophie de notre

siècle, a décidé nettement la question contre les femmes. Ne fais pas comme lui sur cet objet : il prononce plutôt qu'il n'examine ; j'ai remarqué que dans tout son livre en général il rend peu de justice aux femmes. Peut-être est-il comme ce juge qui craignait tant d'être partial, qu'il avoit pour principe de faire perdre le procès à ses amis. Là-dessus, si Montaigne existoit encore, je lui dirois : vous convenez sans doute, que l'Amour est le sentiment de deux ames qui se recherchent et qui ont besoin de s'appuyer l'une sur l'autre ; or, il sembleroit qu'entre les deux séxes celui dont la tête

et les bras sont le plus occupés,
qui est le plus distrait, qui est le
plus libre, qui peut ainsi plus
hautement répandre des idées et
déployer tous ses sentimens, et
qui souvent dans la prospérité
jouit plus par l'orgueil; qui, dans
le malheur, est plus humilié
qu'attendri, qui dans tous les
états, à la conscience des se forces
et se les exagère, peut se passer
bien plus aisément du commerce
et des doux épanchemens; mais
nous autres, pauvres femmes,
tendres et foibles, et parlà même
ayant plus besoin d'appui dans
l'intérieur de nos maisons, plus
exposées aux chagrins et aux peines secrètes; ayant avec cela de

ces douleurs de l'ame qui affectent plutôt la sensibilité que l'orgueil; dans le monde, forcées presque toujours de jouer un rôle, et remportant avec nous, une foule de sentiments et d'idées que nous cachons et qui nous pèsent : les femmes enfin, pour qui les choses ne sont rien, et les hommes presque tout ; les femmes en qui tout réveille un sentiment, pour qui l'indifférence est un état forcé, et qui ne savent qu'aimer, rarement haïr, sentent, pour me résumer, plus vivement que vous, le plaisir du commerce secret, et les douces confidences que l'amour donne et reçoit ».

Pour considérer madame ***

sous un autre point de vue, rap-
portons ce qu'elle dit de l'esprit.

« Bien des gens, dit-elle, disputent tous les jours sur ce qu'on
doit appeller esprit. Chacun dit
son mot; personne n'attache les
mêmes idées à ce mot, et tout le
monde parle sans s'entendre. Pour
pouvoir te donner une idée juste
et précise de ce mot *esprit*, et
des différentes acceptions dans
lesquelles je le prends, il faut
considérer l'esprit en lui-même.
Tu sais, mon cher tout aimable
juge, qu'on considère l'esprit
comme l'effet de la faculté de
penser (et l'esprit n'est en ce
sens, que l'assemblage des pensées de l'homme). On doit le re-

garder donc, comme la faculté même de penser. Pour savoir ce que c'est que l'esprit pris dans cette dernière signification, il faut connoître quelles sont les causes productrices de nos idées.

En rappelant ici ces deux morceaux, l'un de morale, et l'autre de métaphysique, nous avons voulu mettre les lecteurs à même de juger l'intérêt puissant et varié qui règne dans cette correspondance. La partie amoureuse qui doit piquer la curiosité du grand nombre, est agréablement coupée par des digressions de différents genres. Les lettres de M.*** lui-même qui ont moins de fougue et de passion que celles

de son amante, forment le con-
traste le plus heureux, et ren-
dent la lecture de ce recueil atta-
chante d'un bout à l'autre. Que
de femmes sensibles retrouveront
ici les pensées, les sentiments qui
les ont occupées pour un objet
chéri! Tout ranimera leurs souvenirs, jusqu'aux expressions em-
ployées par elles dans les plus
douces étreintes!.... Comme elles
sont avides d'émotions, elles re-
chercheront ces lettres écrites en
traits de feu, et que la passion la
plus vive est seule capable d'inspirer. On peut tout feindre, ex-
cepté le sentiment, et lui seul a
le ton et l'accent de la vérité.
Nous n'ajouterons rien en faveur

de cette correspondance. Nous en avons assez dit pour les lecteurs délicats, et nous n'en dirions jamais assez pour les autres.

LETTRES

SECRETTES ET AMOUREUSES

DE DEUX

PERSONNAGES CÉLÈBRES

DE NOS JOURS.

~~~~~~~~~~~~~~~~~~~~~~~~~~~~~~~~~~~

PREMIÈRE LETTRE.

14 Vent.

Par une fatalité que je ne puis concevoir, je reçois, monsieur, vos deux lettres ensemble, ce sont deux chefs-d'œuvre de délire. Le premier est charmant, j'en conviens ; mais faites-moi la grace de vouloir bien me permettre une objection : vous parlez de celui que je distingue. Vous êtes induit en

erreur; et certes la franchise avec laquelle je vous ai ouvert mon cœur
pendant la très-courte conversation
que nous eûmes ensemble, devoit, je
crois, vous mettre au fait de l'état de
mon ame. Il faut donc, monsieur,
vous gronder de ce que vous ne m'é-
pargnez pas, lorsque vous jugez votre
ami mon amant. Il faut trancher l'expression, il m'en coûte infiniment.
J'ai pour celui dont nous parlons l'estime que je dois à son amabilité so-
ciale; mais, si jamais il a la folie de
se vanter d'une liaison plus qu'intime
avec moi, je rougirai pour lui de sa faus-
seté. En voilà suffisamment sur un sujet qui véritablement me pénètre. Je
voudrois avoir l'avantage d'être connue
de vous plus particulièrement; vous
sauriez que la sensibilité m'est échue
en partage, et que mon cœur est rempli d'une fierté peu commune.

Je change avec plaisir de langage,

et vais répondre de point en point à
vos charmantes et agréables missives :
Quoi! vous regrettez une nuit, dites-
vous, qui devoit se prolonger dix
jours ! Je dois réfuter un pareil desir,
en vous disant que le plaisir d'être
deux est pitoyable, quand un grand
nombre les environne. Vous avez la
bonté de prendre garde à de mauvais
discours adressés à votre ami ; voyez
ce que c'est que la prévention ! il ne
faut pas une grande rhétorique pour
parler d'après sa pensée ; vous voudriez être à la même place que le
grondé. Je crois qu'on n'aura jamais
de réprimandes à vous faire vis-à-vis
de ce lutin de sexe qui fait tour-à-
tour le charme et le malheur de votre
vie. Quand on dit à une femme dont
on veut cultiver la connoissance qu'il
n'y en a pas de semblable, on l'adule ;
donc on ne l'aime que passablement.
Vous craignez que je trouve un pré-

texte pour ne vous pas répondre? vous
me connoissez bien foiblement ; jamais je ne cherchai d'excuses en pareil
cas : je réponds, quand les personnes
m'intéressent ; quand je ne le fais pas,
on doit juger par-là combien peu je
suis flattée de leurs démarches auprès
de moi. Vous ne dormez donc plus,
mauvais sujet? En vérité, je suis presque tentée de vous croire. Oui, je
dois rire de ce que vous n'êtes pas vrai:
je tiens à vous regarder en rivalité
avec le papillon ; si vous avez l'adresse
de me prouver le contraire, je crierai
mille fois *Vivat....* Ce seroit douter
de votre véracité, si je ne comptois
sur vous à ma rencontre : il ne tiendra
qu'à vous de hâter l'instant, c'est de
me garantir la stabilité de celui qui
vous accuse l'honorable réception
qu'on vient de lui faire : certaine de
ne pas le voir arriver subitement, je
laisserois avec bien du plaisir la cam-

pagne et sa volupté. Temps délicieux, si vantés par nos anciens, vous n'êtes plus que dans le fond des bibliothèques ! Il est vrai que monsieur *** m'a fait l'amitié de m'écrire qu'il viendroit me voir : je l'engage par ma réponse à profiter de la compagnie de madame ***. Je ne sais d'où vient que je vous mets au fait de tout cela : ne m'en voulez pas, monsieur, si je n'ai pas répondu plus tôt; je vous jure que je vous reçois aujourd'hui, et que sur l'heure je tiens la promesse faite avec tant de satisfaction. Je veux savoir qui vous empêche de m'assurer de votre attachement dans la première lettre, tandis que sans nulle autorisation vous finissez ainsi l'autre? Pardon si je vous fais cette question; le desir de converser épistolairement avec vous sera mon excuse.

Recevez donc, monsieur, mes remerciements de vos épîtres; elles vont subir un sort qu'elles ne méritent pas, je le proteste; mais la raison, plus forte que tout autre sentiment, l'exige; aussi m'y conformé-je sans murmurer.

Je suis avec tout ce que vous savez inspirer, etc.

~~~~~~~~~~~~~~~~~~~~~~~~~~~~~~~~

IIᵉ. LETTRE.

15

Avant de me résoudre à jeter au feu ce qui m'a fait plaisir à recevoir, je crus, d'après vos desirs, monsieur, le relire afin de mieux m'en pénétrer. Dans le moment j'y ai répondu avec l'enthousiasme d'une femme qui n'est pas trompée dans son attente; mais le flambeau de la raison n'a, comme vous aurez pris garde, nullement éclairé celle que ma légèreté vient de confier à la poste. Au lieu de disputer , discutons ; raisonnons donc avec précicision : j'ai relevé avec peu de réflexions cet article important de votre première, « que vous avez réussi dans votre projet, puisque vous payez de votre repos le plaisir de me connoître. » Combien peu l'homme consulte son ame, avant de s'ouvrir à nous , sans connoître le moral de l'objet qu'il veut encenser ! il hasarde d'annoncer des sentimens que souvent il méconnoît. Je sais que dans l'homme le plaisir et la douleur physiques ne font que la moindre partie de ses peines et de ses plaisirs. L'imagination qui travaille continuellement fait tout, ou plutôt ne fait rien que pour son malheur ; car elle ne présente à l'ame que des fantômes vains ou des images exagérées, et la force à s'en occuper ; plus agitée par ces illusions qu'elle ne peut l'être par des objets réels, l'ame perd sa faculté de juger ,

et même son empire ; elle ne compare
que des chimères ; elle ne veut plus
qu'en second, souvent elle veut l'impossible ; ses desirs outrés sont des
peines , et ses vaines espérances s'éva-
nouissent dès que le calme succède.
Nous nous préparons des peines toutes
les fois que nous cherchons des plaisirs ; nous sommes malheureux dès que
nous desirons d'être hors de la sphère
que la saine raison nous assigne. Le
bonheur est au-dedans de nous-mêmes,
il nous a été donné ; le malheur est au-
dehors, et nous l'allons chercher. Pourquoi ne pas nous convaincre que la
jouissance paisible de notre ame est
notre seul et vrai bien , que nous ne
pouvons l'augmenter sans risquer de
le perdre, que moins nous desirons et
plus nous possédons ? Il y a dans le
physique infiniment plus de bien que
de mal ; ce n'est donc pas la réalité,
c'est la chimère qu'il faut craindre : et

la femme à laquelle vous adressez vos
hommages ne les mérite pas. La raison
est dans le silence, ou du moins elle n'é-
lève qu'une voix foible étouffée par nos
sens qui commandent impérieusement:
l'erreur nous conduit au malheur ; car
en est-il un plus grand que de ne plus
rien voir tel qu'il est, de ne plus rien
juger que relativement à sa passion, de
n'agir que par son ordre, de paroître
en conséquence injuste ou ridicule aux
autres, et d'être forcé de se mépriser
soi-même lorsqu'on vient à s'examiner ? D'ailleurs, monsieur, supposons
que votre plume ne soit conduite que
par votre main, et que votre cœur ne
se trouve que foiblement de son avis,
nous sommes tous deux d'un âge bien
contentieux, nous marcherions entre
deux écueils bien formidables.

N'accusez pas de sophisme mon raisonnement ; il est dicté par une ame
élevée au-dessus du vulgaire. Ce n'est

pas un esprit de réminiscence qui me
fait aujourd'hui contrarier ma lettre
d'hier : étant jalouse de fonder l'amitié qui doit unir notre liaison sur des
bases inexpugnables , je vous expose ,
avec toute l'humilité dont mon sexe
est capable , les principes dont mon
ame est remplie. Si je trouve en vous
un juge sévère, je ne m'en applaudirai
pas moins d'avoir osé vous faire connoître celle qui , avant que de l'être
plus particulièrement, avoit infiniment
perdu par les lâches propos d'un homme
qu'on peut appeler médiocre et ram-
pant. Pardon si je mêle un peu de fiel
dans cette lettre ; vous étant adressée,
elle doit prendre une teinte agréable ;
mais les femmes , comme vous savez,
monsieur , pardonnent difficilement
quand on attaque leur réputation; il
y a des êtres pour qui rien n'est sacré.

Je vous remercie de votre complaisance à lire attentivement une lettre

un peu diffuse : vous m'en voudriez, si je ne vous disois aussi qu'en abrégé ce dont je brûlois de vous instruire. Pesez à l'avenir ce que vous devez m'adresser ; laissez parler votre cœur, peut-être le trouverez-vous muet..... Ne faites pas comme monsieur *** ; trop de confiance nous deviendroit à tous deux nuisible.

Je suis honteuse de vous écrire deux fois de suite. Ne vous avisez pas d'augurer les choses autrement qu'elles ne sont ; vous me feriez rougir. Je ne sais comment finir. Vous assurer de mon estime, c'est le moindre des sentiments qui m'attirent à vous ; j'aime mieux, pour lever toute difficulté, me dire, avec la réserve que la modestie exige, votre amie.

Ne l'est-on pas quand on donne des leçons ? dites, monsieur.

IIIe. LETTRE.

18.

C'EST la seconde lettre aujourd'hui que je vous écris : la première est d'un caractère si peu semblable à celui que jusqu'ici vous me connoissez, que je n'ose la mettre à la poste.

Je vous remercie des soins que vous voulez bien vous donner pour mon ***. ¡Vous avez vu assez clairement par ma dernière que je ne suis pas avare de me procurer le plaisir de m'entretenir avec vous. Si je voulois réfuter à mon tour vos missives, certes j'entreprendrois l'ouvrage de Pénélope; vous auriez le talent, par l'amabilité qui caractérise vos écrits de feu, de me donner tort. Je compte vous voir d'ici à cinq ou six jours. Attendez-vous à une longue morale de ma part. Songez qu'un Mentor de mon espèce diffère infiniment de celui de Télémaque ; Minerve garde son égide pour vous la confier , elle me refuse le moindre de ses dons. Vous êtes un méchant de porter , en apparence , jusqu'à l'*ultra* des sentiments qui ne naissent ordinairement qu'après avoir bien connu les gens.

Adieu , monsieur : soyez sage , prudent , discret : ne vous mettez pas martel en tête. J'aurai mille choses à vous dire sur votre ami , qui m'annonce son arrivée prochaine. Je ne puis me bercer du plaisir de vous voir à ma rencontre , n'étant pas certaine du jour de mon départ. Ne me répondez pas, de crainte de compromettre notre dignité.

Recevez, monsieur, non l'assurance d'aucuns sentiments, mais mille re-

proches de vous voir vous méprendre
sur les diverses agitations de votre
ame. Apprêtez-vous à n'avoir que de
bons arguments à opposer à mes discours , ou je vous vois échouer dans
vos principes. On m'engage à passer
une quinzaine à *** ; j'accepte la proposition avec une joie que je me flatte
que vous voulez bien éprouver vous-
même. Voyez combien peu nous crai-
gnons de nous engager ; un mot suffit
pourtant, et ce mot, votre prudence
l'a expulsé de vos précédentes ; je vous
en ai bien de l'obligation. Je vous l'a-
vouerai , je redoutois de trouver dans
votre lettre une sorte d'aveu fort em-
barrassant dans la position où je me
trouve : je ne pourrois avoir recours ,
en pareil cas, qu'à ma raison ou à ma
philosophie. Je vous remercie donc de
la délicatesse qui domine dans votre
dernière : si vous eussiez pris un autre
biais , j'ai un si mauvais fonds d'esprit

que je me serois fâchée ; mais bien
fort...

Je finis donc par où je commence
depuis long-temps, c'est en vous pro-
testant que je suis tous les jours plus
charmée de vous connoître, et que je
regrette vivement de ne l'avoir pas fait
plus tôt. N'en demandez pas davantage
pour cause. Il y a donc une grande
différence entre nos écrits? Je croirois
que vous seriez assez modeste, monsieur , pour me laisser l'arbitre d'en
décider. Oui, je ne puis que vous ap-
prouver ; aussi, par une étrange sym-
pathie, je tiens encore renfermées vos
lettres ; je vous les dois remettre, à
charge de revanche s'entend...

Au revoir, ce qui sera un grand
plaisir de mon côté.

~~~~~~

IVe. LETTRE.

20.

Mon dieu ! monsieur ; que je vous demande de pardons d'avoir assez peu de jugement pour ne point avoir nommé celui que j'accuse ; c'est de monsieur *** dont je voulois parler. Je suis attendrie aux larmes de la délicatesse que vous employez pour rehausser un être que j'estime autant que vous. Non , monsieur, ne me croyez pas capable de vouloir brouiller d'anciens amis ; je connois trop bien les lois de l'amitié pour venir traverser un sentiment aussi pur dans son essence. Me voilà donc coupable à vos yeux ! j'en suis toute tremblante : savez-vous bien que vous me parlez avec une sévérité

qui me donne du chagrin. Quoi ! vous
me mettez au rang des femmes mé-
chantes ; parce que je suis mal-adroite
dans la façon de m'exprimer ! L'énigme
étoit difficile à résoudre pour une ame
telle que la vôtre ; je vous crois déta-
ché de toutes les minuties qui existent
dans la société ; je vous ai affligé : je
vous jure ne l'avoir pas fait avec une
intention préméditée ; je vous suis trop
sincèrement attachée pour vous faire,
par mes amis ou par moi, la moindre
peine. Je voudrois que le temps voulût
bien me prêter des aîles pour m'expli-
quer avec vous ! Vous me jugez d'une
manière désavantageuse depuis cette
maudite lettre ; il m'en souviendra, je
vous en réponds. Oui, j'accepte mille
fois vos soins, vos hommages ; et, loin
de les rejeter avec cette légèreté qui
caractérise la plupart de mes écrits, je
fais vœu de ne parler qu'en bien d'un
ami aussi recommandable que ***.

Votre lettre est d'un froid glacial : je
m'en veux ; et pourtant, en descendant
dans mon cœur, je ne me trouve coupable que d'avoir été inintelligible
vis-à-vis d'un homme qui m'intéresse
au-delà de l'expression. Je vous en supplie en grace, ne prenez pas de moi
d'idée désagréable : vous avez pronon-
cé ; je fais parler mon mauvais esprit
à la place de mon cœur : « le vôtre
mérite mille égards ». Je vais donc garder pour moi cette manie insupportable de moraliser ceux qui valent
mieux que moi en fait d'esprit et de
goût. Vous donnez l'essor à votre ame
affligée en vous plaignant de ce que je
vous mets à la hauteur des jeunes gens
sans frein et sans éducation : si, comme
vous voulez bien le dire, vous avez cru
remarquer en moi moins de défauts
que dans une autre femme (je ne trace
point vos expressions par un esprit de
soumission dont je ne dois point rou-

gir vis-à-vis de celui vers lequel un penchant invisible m'entraîne); si vous l'avez cru remarquer, dis-je, dans un temps plus reculé, aujourd'hui vos yeux se dessillent d'une manière qui me tourmente et me désespère. Vous avez mis au passé des sentiments qui me sont nécessaires au présent. Je me suis donc perdue moi-même en voulant vous mettre au fait de tous les mouvements de mon ame. En raisonnant, je me suis brouillée avec la raison. C'est vous, monsieur, qui me faites un chagrin que je ne suis pas maîtresse de vaincre. Pourquoi la distance est-elle si grande entre nous, et sous tous les rapports ?

Je me rendrai à ***, à moins d'un accident imprévu, le 23 soir. Si vous pouvez venir passer la soirée avec moi, je m'y trouverai sur les huit heures; il n'y aura que vous seul instruit de mon arrivée. Je suis très-inquiète de savoir

si celle-ci me disculpera amplement
d'une faute que l'inadvertance m'a fait
commettre. Si je pouvois, pour obtenir ma grace, placer ici le même argu-
ment que dans une de vos précédentes!
Vous réclamiez mon indulgence par la
longueur de cette lettre, disiez-vous;
moi, je vous engage à me couvrir de
votre égide, afin de cacher une faute
involontaire. Je crois avoir rempli vos
vues en m'avouant coupable; un autre
n'auroit pas le talent de me convertir
comme je le suis en ce moment. Veuil-
lez donc condamner aux flammes tout
ce qui a pu troubler un instant le repos de votre cœur; si j'étois près de
vous, je serais la première à le brûler.
Je veux reconquérir votre estime en
vous persuadant que toutes mes actions seront marquées au coin de la
raison la moins austère et la plus ana-
logue à votre manière d'agir; je veux
aussi vous faire perdre la prévention

horrible que vous pourriez avoir contre moi en me prenant pour un boute-feu. Je ne cesserai pas de vous dire des *Je veux*, sur-tout quand il faudra m'assurer de votre amitié, que je convoitise depuis long-temps, et que ce temps, notre grand-maître, vous forcera de m'accorder sans restriction.

Au revoir, monsieur : le 23 bien sûrement je vous verrai avec une satisfaction peu commune. Je me résignerai à être grondée ; mais, si vous avez la bonté de prendre le cœur de celle qui vous écrit par le vôtre, vous concevrez que je ne méritois pas la lettre bien aimable que j'ai entre les mains, mais bien sérieuse.

Je suis, en attendant ce jour du 23, votre.... enfin le nom que vous jugerez m'être convenable.

***

Ne répondez   pa

Je décachette ma lettre pour vous annoncer que j'avance d'un jour, Or, ce sera le 22 que j'aurai le plaisir de discuter ma cause devant votre tribunal. Aurai-je gain de cause?

~~~~~~~~~~~~~~~~~~~~~~~~~~~~~~~

Ve. LETTRE.

2 Germ.

Il n'y a pas de générosité de votre part, ***, de menacer votre amie de la peine du talion; au contraire, il faut lui pardonner cette ruse en faveur du joli motif. J'ai eu bien du plaisir à éprouver votre cœur sensible; j'ai réussi dans mon entreprise; tout a été au gré de mes souhaits : aussi, dans la certitude que j'ai d'être vraiment aimée, je vous confie que mon cœur est cohérent au vôtre et de toutes les façons.

Revenons un peu sur la fin de votre lettre. Mon ami, je crains les irruptions; elles sont pernicieuses en amour encore plus qu'en guerre. Vous n'avez sans doute pas réfléchi un moment avant de tracer les folies de votre dernière : vous n'aimez pourtant pas à contrarier des choses dites antérieurement; vous êtes l'extravagance en personne. Voilà donc deux jours que je ne vous vois plus ! Si nous n'étions l'un et l'autre au-dessus du genre humain, quand nous nous exprimons, je vous dirais : Voilà deux siècles que celui que mon cœur préfère est séparé d'avec son intime amie : vous entendez? amie. La présence du nouvel arrivé ne m'intimide pas dans les sentiments que je ressens pour vous : je ne sais trop comment interpréter ce que j'éprouve, mais je sais que ce petit Amour a établi domicile chez moi, sans pouvoir l'en chasser. Ne nous servons pas des moyens usités en pareil cas; au contraire, refusons-lui tout ce qu'il peut exiger, nous le verrons déguerpir, et laisser à sa sœur l'Amitié la fin du bail qu'il m'a escroqué.

Adieu, mon petit *** : je vous aime de tout mon cœur : si vous voulez que cela s'éternise, c'est d'abjurer ce que l'homme peut desirer. On parle d'aller à la campagne, tant mieux ! J'ai dit que je vous avois fait damner au bal de l'opéra ; on doit vous inviter au retour de la campagne ; enfin, mon ami, nous nous réunissons tous pour vous aimer ; je le fais du fond de mon cœur qui vous appartient sans restriction.

***

~~~~~~

VIe. LETTRE.

6.

JE n'aurais plus qu'un soupir à exhaler, aimable ***, que ce seroit pour vous. Ma nuit a été épouvantable ; la fièvre vient de me quitter ce matin : votre amie est absorbée ; mais son docteur, qui la vient interrompre en ce moment pour lui remettre l'esprit, lui annonce qu'elle a une fièvre quotidienne.

Je reçois votre lettre comme un baume consolateur des maux que j'endure avec patience, puisque votre amitié les veut bien partager. Ne venez qu'à huit heures et demie, parce que le vénérable Esculape veut que je me couche à huit ; j'ai permission de recevoir visite en mon lit. Ma mère est

venue en personne voir sa fille chérie,
graces aux recommandations de ***
qui lui fit le mal plus grand qu'il
n'étoit.

Adieu, *** : à ce soir, mon ami ;
je ne suis pas forte, mais pour vous
je lutterai contre la dame à la grande
faux.

VIIe. LETTRE.

9.

JE profite de ma solitude et d'un moment de santé pour m'entretenir avec
vous. C'est donc aujourd'hui, jour où
vous voulez bien me lire, que je vais
vous voir seulement, car vous parler
seroit trop heureux ; je ne suis pas
capable de le faire sans me compromettre. On dit (c'est Florian) que

l'amitié épure tout ce qu'elle touche.
Mon cœur ne veut pas se pénétrer à
fond de cela ; car il adresseroit à son
ami tout ce qu'il doit dire devant
l'univers.

Comme il m'est expressément défendu de travailler, une femme de mes
amies vient, par un esprit original, de
m'envoyer un livre qui me fait faire
un verre de bon sang par minute ;
voici l'intitulé : *Système de la forma-*
tion de la terre et de toutes choses.
Cela s'étend loin. Mon auteur n'ad-
met que deux éléments (les deux principes de l'univers), le feu et l'eau. Il
comprend, dans le feu, le soleil, les
étoiles, et le firmament. Le feu,
comme spirituel, a gardé le dessus ;
et l'eau, comme matérielle, a tenu le
dessous. La terre et l'homme se res-
semblent trait pour trait, ainsi que le
démontre mon ingénieux cosmopolite.
Ce seroit faire un tort considérable à

son grand génie que de ne pas vous
dire en quoi l'homme ressemble si joliment à la terre : vous n'auriez jamais
pu vous douter, mon cher ***, qu'il
y eût entre vous et elle de grands rapports. Voici mon auteur qui parle :
« La jambe droite (c'est commencer
« un portrait par un trait bien carac-
« téristique) est la terre d'Afrique, et
« le pied est le Cap de Bonne-Espé-
« rance. Et la jambe gauche ? (il pa-
« roît qu'elle a été fracassée par les
« éléments.) Son pied est dans la
« Nouvelle-Hollande ; sa nature dans
« l'Indostan, entre le Malabar et le
« Coromandel ; sa bouche, ses yeux,
« ses oreilles, sont le mont Vésuve,
« l'Etna, et autres (cette physionomie
« ne manque pas de feu). Les ro-
« chers, les montagnes, sont ses mem-
« bres et ses os ; les rivières, ses vei-
« nes et son sang ; les arbres, ses che-
« veux ; les bêtes féroces, sa vermine ;

« la mer noire, son réservoir de fiel ;
« la mer rouge, son cœur ; le mercure,
« son sperme. »

Mon ami, vous ne vous plaindrez
pas pour cette fois, ni vous ne repro-
cherez point à la nature d'avoir mis la
fièvre en nos climats et le remède en
Amérique. Sans doute vous pourriez
dire, Ma chère dame, voilà une jolie
matière d'un délicieux ouvrage ! Mais
je prétends bien que vous m'en sa-
chiez gré, car l'occasion d'en analyser
de pareil ne se présentera pas tous les
jours. Mon intention n'est pas de
vous faire croire que je sois au cou-
rant des sciences physiques ; non, je
ne suis pas dans le cas de les appré-
cier ; mais qui ne riroit pas de ce fatras de mots insignifians ? Il est si
agréable de lire celui qui, comme
vous, sait tout à la fois nous apprendre à bien penser, à bien écrire, et à
bien sentir ; vous joignez à cela l'es-

a   3*

prit, l'ame et le goût. J'en suis déses-
pérée pour votre modestie ; mais je
trouve des gens qui écrivent, et peu
qui le font comme vous. On voit que
les idées seules forment le fond de
votre style : l'harmonie des paroles
n'en est que l'accessoire. Est-ce vous
juger en amie sincère?

Adieu, mon bien aimé : ne m'en
voulez pas d'en avoir écrit si long;
n'accusez dans cet air prolixe que le
sentiment tendre qu'éprouvera toujours pour vous votre dévouée pour
la vie,

★★★

La fievre vient de partir pour des
contrées d'où je la prie bien en grace
d'oublier sa dernière demeure. Adieu,
petit ★★★ : je vous caresse bien honnêtement..... Ah ! monsieur, je ne pense
pas plus loin que mon nez, je vous le
proteste.

~~~~~~

VIIIe. LETTRE.

10.

Je viens de brûler , mon cher M.***, une grande lettre que je vous écrivois ; elle auroit, je suis certaine , porté le trouble et l'effroi dans votre cœur ; à la vérité elle étoit la suite d'une insomnie cruelle. Comme je suis votre amie, je dois ménager votre sensibilité : mon ame , malgré tout , n'est point raffermie sur les craintes qui viennent en foule m'assiéger ; je redoute les méchants. Vous vous doutez sans doute quel est l'être sur lequel je jette mes vues. On est capable de bien des sottises, quand on croyoit être à la porte du bonheur , et qu'on la trouve fermée ! Mais vous qui m'aimez, comment pouvez-vous m'accu-

ser d'indifférence ? je vous défie de
trouver un cœur plus tendre et qui
vous soit plus dévoué que celui de
celle qui a le bonheur de s'entretenir
avec vous. Combien vous êtes injuste !
Je veux par mon extrême douceur vous
faire changer de langage. L'amour est
soupçonneux, je le sais ; mais quand
on ne lui refuse que très peu de chose,
il ne doit pas prendre d'humeur : je
vous montre l'exemple ; jamais je n'ai
la mine de douter de la force de vos
sentiments ; à la vérité vous avez une
façon à vous pour convaincre. Ce *vous*
est froid, il ne convient guère à ma
manière de penser ; *tu* est charmant,
tu m'enchante, *tu* est délicieux enfin,
tu est fait pour me captiver ! Je veux
donc me servir toujours de ce *tu* qui
adoucit tout ce qu'il embrasse. Tu es
mon ami, mon amant, tu ne dois pas
rejeter cette vérité ; tu es l'ame de ma
vie, n'est-il pas vrai ? Ah ! dis-le cent

fois à ton amie, que tu l'aimes, elle oubliera les peines qui dévorent en cet instant son pauvre cœur. Tu as entendu ce monsieur te chanter hier. Ton courrier me coupe la parole ; je vais, autant qu'il me sera possible, prendre mon parti en brave. Il faut donc ne pas voir ce que j'adore aujourd'hui ! Pourquoi le soleil vient-il se montrer le jour que mon cœur est en deuil ! A toute heure ton amante peut te recevoir. Si j'ai des nouvelles ce soir, j'enverrai *** porter ces deux mots.

Adieu mon tout aimable : ne crains pas que jamais ton amie t'en veuille ; elle ne respire que pour t'adorer. Cent baisers !

***

~~~~~~

IXᵉ LETTRE.

11 minuit

Mon ami, c'est avec les secrets de la médecine dans l'estomac que je vous écris, ne me flattant pas de pouvoir remplir ce charmant devoir demain matin ; la fatigue de la nuit met un obstacle invincible à mes desirs de ce côté. Les adieux de Médée ne sont pas plus foudroyants que ceux que je viens d'éprouver ; plaignez les hommes de concert avec votre amie : qu'ils sont étranges ! Toute ta tendresse mise au jour depuis dix jours vient de s'évanouir en un instant ; à peine si on a respecté l'état de maladie de la partie adverse, tremblante comme on l'est en pareil cas : les larmes qui n'abandonnent jamais ce pauvre sexe si souvent opprimé ont apporté à mon ame un grand soulagement. Qui pourroit soup-çonner, sous des traits aussi doux, un fond d'humeur si fortement pro-noncé? Je devrois éviter des rapports aussi désagréables à mon cher mon-sieur *** ; mais à qui m'adresser? C'est dans votre sein que je dépose le fardeau qui froisse mon cœur agité. Pardonnez-moi si je vous fais de la peine; la mienne est si grande en ce moment, que j'en suis toute stupé-faite.

Je vous quitte avec une émotion toujours nouvelle. Recevez avec plus de force que jamais l'assurance parfaite de la véracité de mes sentiments pour vous; ils sont purs, monsieur ***, conservez-les donc comme un trésor que je vous dois.

Adieu, ame de mon existence! Je vis fort mal sans vous voir; aussi vous engage-je à me quitter le moins qu'il

vous sera possible ; les moments de-
viennent chaque jour plus précieux :
suivons la loi commune (avec restriction), et disons avec le Barde : Le
printemps fuit , hâtons-nous d'être
heureux !...

Je ne m'aperçois pas que peut-être
je vous dérange de quelques occupa-
tions : la faute en est aux dieux qui le
firent si aimable ! Priez votre bon
ange , qui sans doute est le mien , de
vous apporter chez moi demain dans
la soirée. Temps heureux ! que vous
êtes loin ! non , dans douze heures je
vous verrai , je vous embrasserai :
faudra-t-il ?... toujours modestement ,
monsieur ✶✶✶... et puis un lendemain
de médecine ! oh que cela seroit vilain ! qu'en pensez-vous ? Je vous aime
toujours beaucoup ; mais faites attention que je ne sais pas mentir.

Votre amie ✶✶✶.

D'après le commencement de ma lettre, tu vas me juger comme une ingrate. Je suis trop pénétrée de reconnoissance pour te laisser un instant douter de la force de ce que je t'avance; elle est, suivant moi la source de bien des vertus; elle contribue à nous former un cœur humain et sensible; elle nous inspire l'amour, et nous fait considérer toutes nos chaînes comme les plus douces. En en connoissant si bien les beautés, tu vois, mon cher ★**, qu'il me seroit difficile de ne pas la pratiquer. Une autre que moi donneroit son ignorance pour excuse.

Je ne dois pas finir celle-ci sans te reprocher, mais tendrement, d'avoir manqué de m'écrire le 9 : ou ta lettre est égarée, ou tu as été négligent. Je ne te déclare point la guerre pour cette légère faute, mais je me dispose à te punir de ta témérité. Tu menaces ***; souviens-toi du proverbe, *Qui menace* *a grand'peur.* Je jette le gant ; tu diras non. Monsieur, je ne vous fais que répéter ce que je crois fait pour être adapté à vos défis. Au revoir, mon cher ami, être trop aimable, trop charmant ; aime bien ta Minette, elle ne respire que par ton amour ; sa vie est un garant de son extrême tendresse : tu es l'ame de cette existence que je ne chéris que depuis qu'amour est venu l'embellir. Sois toujours heureux ; compte avec les dieux les jours que la félicité suprême t'accorde ; sois certain que ton amie a juré sur les eaux du Styx, mais sur l'assemblage des plus purs sentiments, un amour éternel. Adieu, mon soutien, mon guide ; je remets le langage enchanteur du chien à t'apprendre devant celui qui me fournit de si jolies idées. Ta plume ne se refuse plus comme autrefois à peindre les vœux de ton cœur. Si, comme tu prétends, c'est à moi que tu dois cette heureuse métamorphose, il faut tous deux en remercier le dieu qui charme nos instants ; c'est lui, mon ami, et point un être si peu digne d'hommage, tel que moi, que nous devons exhorter à ne pas nous abandonner. Toujours Minette.

Décemment je ne puis cacheter ma lettre sans demander raison de cette phrase : « Adieu, lampe de mon exis- » tence? si tu cessois un instant de » de m'aimer, elle s'éteindroit ». Prends-y garde.... Quelle horreur!.... Voilà, ce me semble, l'occasion de chercher une querelle, mais il me manque la force de la commencer.. Vous êtes un méchant avec vos mots à double entente : vous n'avez point la mémoire récente, sans cela vous vous souviendrez que j'ai un caractère très-mauvais. Je n'ai pas besoin de vos ordres pour vos lettres, elles sont à moi.... Je cesse de vous aimer, et je n'y prends pas garde. Voyons, qu'en arrive-t-il ? Dites, petit serpent qui trompas Eve!...

~~~~~~~~~~~~~~~~~~~~~~~~~~~~~~~~~~~~

XLIXe. LETTRE.

13.

Je m'ennuie ici, mon cher***, je m'y ennuie beaucoup. Tu n'écris point, tu m'abandonnes! Peu accoutumée à déguiser mes sentiments, puis-je me plaire avec ceux auxquels je ne saurois les montrer sans réserve? Il faut être dans une situation fort heureuse, pour s'amuser des gens qu'on aime peu ou qu'on n'aime point du tout. La promenade que tu as été assez complaisant de faire avec *** t'a donc amené des souvenirs? Si tu savois, mon souve-

rain, quelles délices pour mon cœur,
lorsque je lis les traits d'une plume de
feu! Je regarde les aveux d'un amour
qu'on partage comme un nouveau jour
qui porte la lumière dans nos idées.
Un charme inconnu, quand je te reçois, se répand sur tout ce qui m'environne; les objets changent, ils de-
viennent riants, plus aimables, quand
mon imagination, encore frappée du
moment délicieux que nous passâmes
ensemble dans ces lieux que tu chéris,
me dit : Tu pourras peut - être jouir
d'un bonheur parfait. Je te laissois
voir, mon divin amant, le plaisir que
tu faisois passer dans mon ame; tu
jouissois, et augmentois par tes transports la reconnoissance avec laquelle
tu reçus le serment de t'aimer toujours.
Depuis ces beaux jours, réunissant tous
les penchants de mon cœur, je ne respire que pour t'adorer. Que ce temps
est encore cher à mon souvenir! Que

j'étois heureuse! Quel bien est compa-
rable à la douceur d'aimer un homme
qui est en tout digne de notre affection, de notre cœur, qui nous idolâtre,
qui nous le répète à chaque instant,
dont tous les desirs se confondent avec
les nôtres! Quel plaisir de l'attendre,
de le voir paroître!... de lever les yeux
sur lui....... des yeux que sa présence
anime, de lire dans les siens qu'on est
belle et qu'on lui plaît! Qu'il est flatteur de se voir l'objet de ses soins, de
ses préférences, d'imaginer qu'il ressent tous les transports qu'il excite,
qu'il jouit de tous les plaisirs qu'il
donne!... Ah! mon ami, pourquoi
souvent l'inconstance, innée en nous,
change-t-elle en amertume un sentiment si doux? D'où vient que deux
personnes, qui ont l'égal pouvoir de
vivre dans une félicité si pure, si vraie,
une des deux s'en dégoûte, cesse de
sentir, et livre l'autre à d'éternels re-

grets?.... Aimable sensibilité, présent cher et flatteur! non, ce n'est pas vous qui nous rendez malheureux; notre inquiétude naturelle, nos caprices empoisonnent les dons du ciel, et nous font prodiguer, sans en jouir, les biens précieux qu'il nous accorde........ Tu crains que tes lettres ne soient trop longues, qu'elles ne me fatiguent. Toi, mon meilleur ami, penser que tu peux m'ennuyer! C'est très vilain assurément. Tu ne veux donc pas croire que mon unique amusement est de les lire? le sentiment qui me les fait aimer ne portera jamais mon esprit à se plaindre. Pardonne si je te dis sans cesse la même chose. Si tu savois!... rien ne me dissipe, je me surprends quelquefois dans une humeur que je me reproche. On dit que la solitude porte vers la misanthropie : j'imagine que le grand monde seroit plus propre à me produire cet effet, si l'indulgence, naturelle à un bon cœur, ne combattoit l'aigreur des réflexions de l'esprit. Qu'il s'élève de singuliers mouvements dans l'âme! En apercevant les travers, le ridicule et l'inconséquence de tant de gens avec lesquels il faut vivre, celui qui s'en croit exempt et veut les supporter, doit se regarder, au milieu de ces extravagants, comme une personne saine, environnée de toutes sortes de malades; elle seroit injuste, si elle leur savoit mauvais gré de ne pas jouir d'une santé aussi florissante que la sienne. Mon ami, songe que, si tu ne me rappelles, mon mal est incurable; alors, à quoi bon des calmants? Ô mon ami! j'ai un cœur inconcevable quand il est contrarié; mais aussi, pourquoi de fausses promesses? Nous sommes au 13; rien, pas de lettres pour ma cousine. Regarde si tout cela ne me change pas le caractère : j'ai toujours les mêmes principes; souvent je les démens, j'agis contre moi-même. Qui est cause de ce renversement? C'est le flegme de ***. Allons donc, écris donc; il ne faut qu'un mot à ta cousine pour rendre le calme à mon âme. Gronde-moi bien fort, j'ai besoin de toute ta sévérité. Ai-je un tort bien grand, mon prince? parle donc.... Quand celle-ci sera dans tes mains, je me flatte que tu auras rempli des engagements. Veux-tu que je t'envoie ta lettre d'avant-hier? Tu disois que le sept....; non, j'ai mauvaise grace à t'accuser; tu n'es pas coupable d'indifférence, mon cœur m'en est un garant.

Adieu, mon réfuge. Comme je vais te caresser! En attendant un doux baiser,.... Monsieur, je veux votre portrait, ou je me fâche. Adieu.

***

~~~~~~~~~~~~~~~~~~~~~~~~~~~~~~~~~~~~~~~

Le. LETTRE.

14.

PETIT monstre ! tu as mis ta Minette dans des angoisses à périr cette nuit. Je rêvois que l'on avoit découvert toutes les lettres que tu m'écrivois. Attends-toi à de grands évéuements. Mon ami, je me suis éveillée tout en larmes; j'avois formé le projet de me tuer... Je sais à quoi attribuer ce mauvais songe ; c'est que l'insupportable poste n'avoit point délivré hier ma ration spiri-tuelle. J'ai eu besoin de recevoir de toi une jolie lettre, qui est en petit brun, c'est-à-dire sans enveloppe ; j'en aurai une seconde après la distri-bution. Je suis trop heureuse d'avoir cette poste ; aussi mes murmures doi-vent s'étouffer en pensant que sans

cette bienfaitrice , je serois sans savoir si tu existes à *** ; car ici, tu es
au fond de mon ame. Oui, je te revers-
rai avec satisfaction , je ne desirerai
rien au monde. Arrive bien vîte, instant desiré , je ne serai pas la dernière
à monter en voiture. Comme le cœur
va me battre , quand ma cousine va
me signifier ses ordres !... Mon cher
***, je t'aime avec délices ; je n'ai
d'autre plaisir que de m'occuper de toi.
Que je suis aise, je vais donc te revoir!
Amour , tu sais ce que tu réserves à
deux cœurs bien épris ; sois certain de
leur soumission.

Je te caresse bien tendrement : adieu.
Mille baisers.... Voilà le peintre. Si tu
savois comme j'ai l'air triste sur ce
portrait ! hier sur-tout ; j'ai été obligée
de laisser la séance à moitié ; mais aujourd'hui je vais tâcher d'être jolie,
pour me débarrasser plus tôt de cet
homme qui cherche à pénétrer la

cause de ma tristesse. Tu veux écrire
sur l'inaction ; remets cela après une
entrevue. Tu penses mieux du contraire. Amour pour la vie.

***

LIe. LETTRE.

15 pour le 16.

Je n'ai pu écrire ce matin , ayant eu
du monde toute la matinée. Mon ami,
vous m'avez dit , dans une de vos lettres, que je vous verrois bientôt. Que
veut dire le premier paragraphe de votre
dernière, *Donne-moi des forces* ? Ah,
mon dieu ! non; je suis si loin de vous
en donner, que je suis malade de vous
voir remettre à vingt jours une entrevue. Voilà ma foi un beau pouvoir de
faire venir les gens quand ils le veulent

bien ! cet effort n'a nul mérite à mes
yeux. Savez-vous que je suis en colère ?
Que je reconnois bien là les hommes !
Pleins d'eux-mêmes, rapportant tout à
eux ; les actions les plus simples, celles
qui viennent comme par hasard se présenter à leurs yeux, sont justement
celles que le ciel inspira exprès pour
vous. Tenez, ne me parlez plus, j'ai de
l'humeur.... Sûrement j'ai vos lettres :
c'est parceque j'ai eu la sottise de vous
dire trop souvent que je vous aime,
que vous me laissez ici périr, dévorée
par un ennui mortel. Avoue, vilain,
que tu fais bien du mal à ta Minette.
Tu n'as donc pas de moyens de nous
faire venir ? Il ne falloit donc pas me
bercer d'un espoir aussi flatteur. Tout
me déplaît ; ma cousine ne sait à quoi
attribuer mon chagrin ; elle a demandé :
Est-ce que tu es amoureuse, ma bonne ?
Quoi répondre ? dis donc ? Tu es tranquille ; tu prends, dans le sein de

3   5

l'amitié, un appui, une force énergique…. Mon ami, un proverbe dit que pour être fervent en amour, il faut être froid en amitié : tu sais que l'amour, lorsqu'il s'établit dans un cœur, y règne en tyran, et en doit bannir promptement l'amitié, si elle paroît vouloir partager son empire. Je veux que tu saches, méchant, que l'amour est un dieu charmant qui soumet à ses lois le ciel, la terre, et les mers ; c'est une puissance qui ne veut pas reconnoître d'égale : du ciel, où il prit naissance, il voulut régler l'empire de la terre ; jaloux du pouvoir souverain, il règne despotiquement dans les ames. Tu as raison de ne plus faire de compliment sur mon triste style ; ce seroit un moyen de nous brouiller à feu et à sang. L'amour qui sait donner une nouvelle forme à l'ame, qui épure les sentiments, qui humilie l'orgueilleux, donne de l'esprit aux stupides, ap-

prend aux femmes à écrire ; l'amour
dirige le cœur, commande à l'univers.
Il faut, trop aimable et en même
temps charmant coupable., que je te
fasse un aveu : c'est l'amour qui est
mon guide : je méprise quelquefois les
avis de la raison, si elle se révolte contre
mon cœur. Lorsque la douce fraîcheur
du soir m'invite à prendre l'air, le chant
des oiseaux, les fleurs, n'ont plus de
charmes pour moi ; l'amour seul est
la source de tous mes plaisirs. Si je
prie le dieu qui nous donne l'être à
tous, l'amour réclame son culte, et
dérobe au ciel la possession de mon
cœur ; c'est lui qui me conseille le
jour ; c'est lui qui, pendant la nuit,
occupe mon ame. Quand je m'éveille,
après avoir été victimée par un songe,
je cherche s'il a été avantageux ;
alors j'en repasse toutes les plus petites
circonstances. Je réfléchis aux lettres
obligeantes que tu m'adresses, sur mes

réponses, qui me sont inspirées par un assemblage de sentiments bien tendres. Pense toujours, mon ami, à tout ce que je fis de plus cher pour toi ; ne déguise rien à cette ame dont je partage les douleurs et la joie ; rends présents à ton esprits les témoignages d'amour et de fidélité qui furent le prix de nos vœux mutuels. Tu dois juger combien je souffre de l'absence. O ciel, si tu m'avois trompée ! si c'étoit pour rire ! mais non, c'est impossible..... Je suis contrainte à ne voir que des objets indifférents, tandis que tu es le seul être que mon cœur brûle de rencontrer. Cher amour, objets de mes vœux, quelle douce idée je me faisois d'un bonheur éloigné ! Plaisirs trop courts dont je ne suis assurément redevable qu'à mon imagination, je suis donc privée encore de tout ce que j'adore, pour une éternité ! De quel douleur poignante mon pauvre cœur est navré !

Qu'elle tristesse s'empare de mon ame,
Loin de ***, quel plaisir puis-je goûter ? Pourquoi paroître en public !
puisque celui que j'aime n'y est pas !
Qui mieux que ton amie peut peindre
les agitations de son ame ? Qui mieux
que moi peut exprimer la joie, l'inquiétude, la tendresse, qui agitent
mon cœur à la lecture d'une lettre chérie ? Ravissements divins qui ne sont
connus que des véritables amants ! Qui
mieux que nous, mon bon ***, peut
peindre et rendre ces tremblements,
ces craintes, ces soupirs, ces larmes de
joie, ces transports délicieux ? Qui peut
donner une idée de cette chaleur douce
et modérée, de cette flamme active qui,
tour à tour consument et animent le
cœur ? Quel que soit, mon doux ami,
le style de mes lettres, interprête-les
favorablement: peut-être quelques unes
ont-elles un air de froideur bien diffé-
rent de la douceur ordinaire des au-

tres ; mais en les lisant toutes, tu verras
qu'elles sont dictées la plupart par mon
cœur : regarde les plus aimables comme
une expiation pour celles qui pour-
roient être désobligeantes. Au reste,
si tu les trouves un peu dures , je te
prie de ne point en accuser mon cœur,
tu sais que l'Amour sourit toujours ;
il flatte agréablement pour indemniser
des actes de sévérité de ses sujets. En
dépit de toi , il régnera toujours, tel
que toi , en souverain dans mon cœur.
J'aurai bien du plaisir à te dire de vive
voix, Je t'aime ; mais l'air emporteroit
sur-le-champ ce précieux aveu, au lieu
qu'en confiant à ce papier cette vérité
constante, j'en fais un témoin éternel.
L'amant , le frère , le dieu de mon
cœur y lit clairement les motifs de son
amour, en se persuadant toutefois que
c'est mon ame que je lui envoie : les
lettres subsistent encore, quand l'air a
dissipé les paroles. Je veux donc te

prouver que tu as raison de me laisser
éloignée, puisque tu m'apprends à être
patiente; et en même temps tu gagnes
du temps pour me faire voir que tu aimes autant dans l'éloignement comme
de près. Je ne veux de toi d'autre sacrifice que celui de m'écrire tous les jours ;
il fait le charme de mon existence. Tu
crois que tu pourrois tenir un serment
tel que celui que tu annonces dans ta
lettre en date du 12 soir : cela , mon
ami , est peu honorable pour mes baisers ; puisqu'ils t'électrisent , ils doi-
vent nécessairement te faire oublier
ce que tu promets dans l'éloignement.

Adieu , vilain , qui parle inaction.
Fi ! monsieur, on ne relève pas de
pareilles expressions. Je reste , puisqu'il faut se conformer à vos ordres ;
mais je vous assure que je n'ai pas de
plaisir du tout. Votre cousine vous
écrit par le même courrier : j'ai dicté
les dernières phrases de la lettre. Vous

n'êtes plus mon ami : j'avois bien résolu de vous apprendre la langue de *** ; vous vivrez dans l'ignorance jusqu'à la fin de votre vie, pour vous punir de votre pouvoir à nous faire venir près de vous. Je n'ai que faire de votre portrait, je n'aime plus l'original.

Je finis en vous haïssant comme vous le méritez. Par une mauvaise habitude je vous embrasse encore ; c'est pour la dernière fois : entends-tu, vous ?

La cousine vient d'écrire à l'ami de la rue du *** ; tu riras, si on te fait lire sa lettre. Je ne vous aime plus, c'est décidé ; je ne veux plus recevoir vos lettres ; ainsi ne vous donnez plus la peine d'écrire.... Oh ! si, encore un peu, puisque c'est tout ce que tu peux faire....

***.

~~~~~~~~~~~~~~~~~~~~~~~~~~~~~~~

L I I^e. LETTRE.

17.

Un nouvel incident, mon bien aimé. Ta cousine vient d'être instruite par un être que je ne connois pas, ou par un moyen ancien, celui de plaider le faux pour savoir le vrai, enfin elle sait que tu es venu deux fois à la campagne. Comme il auroit été inutile de feindre plus long-temps, et que tôt ou tard elle auroit appris ce qu'elle sait à présent, j'ai cédé à la force ; ce n'a pas été sans peine ; j'ai été grondée avec une sévérité digne d'elle. Tu sais que nos larmes sont notre réfuge ; on a été sensible à mon chagrin, on m'a reproché d'être trop discrète (on ne peut cacher une chose comme celle-là , s'il n'y a pas quelques anguilles sous roche) : on a de violents soupçons, on les rejette avec horreur. Pour finir , j'ai dit : Voici la cause de mon silence; tu es sévère, on ne peut jamais rien t'avouer sans craindre des accès de colère de ta part ; tu es en fureur plus tôt qu'on a fait de parler; tu m'effraies à un point, que j'aime mieux en apparence paroî-tre coupable, que de te communiquer les choses; que, lorsque tu es de bonne humeur, je guette ce moment, et quand je te vois aimable, alors je me lance... On a écouté ma harangue avec un air vraiment pathétique : elle m'a demandé plus de confiance, on a promis plus de douceur. D'après cela, mon cher ***, il faut redoubler d'attention et ne pas négliger son amitié : elle doit te faire des reproches de ta discrétion ; je l'ai priée de n'en rien faire, mettant toutes les fautes de mon côté: mais je dois ,

et cela d'accord avec elle, à la campagne te demander devant elle : Mon
petit frère dites, dites à votre amie
combien de fois vous êtes venu à la
campagne...... Tu entends que tu
diras avec un air de vérité : Deux
fois. Alors tout s'arrangera à notre
gré. Ne parlons plus de ce qui me
fit tant de mal. Je te remercie de ta
devise latine : tu crois donc que je
n'aurois pas deviné cette jolie idée ?
est-ce que je n'ai pas le dictionnaire
latin ? Je ne te cherche point de mauvaise querelle, je te jure que je
n'avois point eu de lettres, quand je
t'en parlai dans mes dernières. Tu
vois bien, ma chère ame, eh bien !
la petite catastrophe d'hier accroît
mon amour pour toi ; je t'adore avec
tant de gaieté d'ame, que je ne suis
heureuse que lorsque je suis avec
ma plume. Mes gens me grondent
des soupirs que je laisse continuelle-

ment échapper ; en conscience je ne suis pas maîtresse de les retenir. Je ne pense jamais à toi que mon cœur ne brûle d'une double flamme, qu'il ne soit oppressé par de longs soupirs, et que mille transports ne fassent connoître la force de mon ardeur. Je ne sais, il y a des gens qui osent donner le nom d'amour à une passion foible et tranquille : ceux qui n'en éprouvent que de telles desirent plutôt d'être amants qu'ils ne le sont en effet ; ils ne doivent pas se mettre au rang des nobles victimes qui s'immolent sur les autels de l'Amour. Mais nos ames, mon tendre ami, brûlent d'une flamme plus glorieuse ; c'est elle qui nous éclaire et qui nous empêchera de jamais nous perdre ; c'est elle qui nourrit toutes nos espérances ; elle seule nous fait penser que nous sommes dignes l'un de l'autre. Une passion si vraie, si ardente, n'est-

elle pas faite pour être toujours heureuse ? Sans l'union de nos ames pourrions - nous nous communiquer ces
plaisirs suprêmes qui mettent le comble à la félicité de deux amants, et dont
les expressions les plus tendres et les
plus passionnées peuvent à peine nous
donner une idée ? Sans doute , mon
ami, l'amour que l'on inspire est préférable à celui que l'on ressent , et il
est plus glorieux , ce me semble , de
donner que de recevoir ; le bienfait
renferme quelque chose de céleste.
Tu vois que ma confiance en toi est
extrême, comme ma passion est véritable. Tout amour doit avoir ce caractère , ou il ne mérite plus ce nom divin : ce ne seroit plus alors qu'une
affection indifférente. Que signifieroit
notre amour , si nous aimions froidement ? De tendres affections unissent
les frères et les sœurs, les amis , les
parents ; mais qui pourroit exprimer

2   6

l'excès du plaisir que goûtent deux
ames, lorsqu'unies ensemble elles forment sans cesse des vœux pour leur
bonheur mutuel ? c'est la plus vive des
jouissances. Je ne tarirois jamais, si je
n'étois forcée d'abandonner par la
visite de mon sot peintre. Adieu donc,
tout ce que j'aime, je me résigne à
n'aller à *** que dans trois semaines.
Quelle privation pour une femme qui
chérit à l'adoration le plus aimable
des humains ! Je suis à lire dans ce
moment l'Optimisme : est-il une plus
étrange folie ? Veux-tu être Candide?
je serai ta Cunégonde, aux petits
accidents près arrivés à sa vertu.

Je te quitte à regret ; cent baisers
cachètent ma lettre écrite à la hâte.
Je suis toujours mélancolique, et par
conséquent très éprise de toi. Pardonne si mon style est si diffus : mais,
mon ami, tu ne pourrois concevoir
combien je tremble quand je t'écris ,

c'est un mélange de crainte et de plaisir.... Il faudra bien convenir du nom
de la voiture qui sera chargée de m'apporter ta douce figure , afin de ne pas
faire de quiproquo. Je te donnerai un
baiser bien tendre quand nous nous
verrons , pour avoir été cause , sans le
vouloir , du léger nuage d'hier. Toujours ta Minette chérie, n'est-ce pas ?
toujours aussi de la prudence ; tout
notre bonheur s'évanouiroit en un instant ; j'en mourrois de douleur.

***.

~~~~~~

LIIIe. LETTRE.

18.

Tout va pour le mieux dans le meilleur des mondes ; tu sais que Pan-
glos l'a dit. Ta cousine m'a fait lever
à trois heures ce matin pour lui admi-
nistrer des secours nécessaires à sa
santé : elle a pris une dose d'ipéca-
cuanha, qui lui étoit à-peu-près aussi
utile qu'au petit chat. Malgré cette
maladie imaginaire, en esclave de ses
devoirs, elle est au travail.

A présent, parlons de ta manière
abominable de ne pas me comprendre.
En vérité, ***, vous êtes un grand
mal-adroit. Ne rions pas et écoutez :
Tu disois dans tes précédentes, il faut
que je te voie, je me meurs d'ennui,

j'irai plutôt te trouver, j'affronte
tous les dangers, je m'expose la nuit
je vole, je cours, je me jette à corps
perdu dans les avantures ; enfin parle, divinité, ordonne, commande,
et j'exécute. Voilà, si j'ai de la mémoire, un résumé exact des superbes
ruses, que tous les jours je recevois.
D'après cela j'en appelle à toutes les
maitresses de tous les amants du monde
pour savoir si on ne pourroit pas faire
sa valise et partir à tout hasard, étant
persuadée qu'on trouveroit tout au
moins à sa rencontre le digne esclave
de ses volontés suprêmes. Point du
tout : je demande qu'on veuille bien
accélérer un voyage que je sais être
éloigné encore de six semaines ; croi-
roit-on que c'est un homme qui entend
le françois passablement qui répond :
Est-ce que tu comptes arriver bientôt?
Avertis-moi d'avance, ne sachant pas
à quel point cela est nécessaire. Un

z   6 *

être vivant à qui je communiquerois cette correspondance croira que c'est un Iroquois, un Lapon danois, ou un Icoglan qui répondent pour ***. Voilà, mon cher petit, ce que tes mille et une étourderies te causent. Je te gronde une bonne fois pour toutes ; mais ne sois pas si fou dorénavant. Il faut que je tire les cheveux pour me croire capable de te soupçonner de la plus petite indifférence. Je sais trop bien aimer, et je crois mon amant trop épris aussi pour m'oublier aussi vîte. Tu ne sais pas comme je suis orgueilleuse ; je crois qu'il n'est pas possible de trouver nulle part une amie telle que Minette. Laisse-moi dans la ferme persuasion que je suis toujours aimable à tes yeux, j'aurai du courage pour le devenir.

Il seroit prudent d'attendre que

nous nous vissions pour la remise des portraits : il y a de l'héroïsme de ma part à attendre ; mais, mon tout aimable, nous sommes dans une position si épineuse, qu'il faut mettre une grande circonspection dans nos conduites. Ne va pas imaginer que je ne te desire plus ; ô mon ami, je t'en voudrois de t'arrêter à de semblables idées... Moi qui ne vis que pour toi, crois que je n'ai rien tant à cœur que d'être toujours ton amie, et que je serai toujours digne de ce doux titre. Tu rêves aussi : quel est donc ce petit démon qui nous tente tous deux? C'est Cupidon ; non, c'est Morphée qui jure de nous faire souffrir. J'en suis fâchée pour moi, mais pour mon cher *** j'en suis ravie ; il mérite souvent une correction que les dieux ne peuvent lui refuser. Je vais faire une demande à l'Olympe, afin qu'on t'envoie des songes de toutes couleurs. N'est-il pas probable qu'a-

près avoir pensé à ta Minette le jour,
tu y penses encore pendant la nuit? Je
vais diriger d'ici tous les diables après
toi. Tu vois que la vengeance céleste
est dans mes mains, aussi en profite-
rai-je. Je te réserve des tourments af-
freux; il faut que tu sois en proie à la
jalousie; il faut que ce monstre déchire
ton cœur et qu'il réduise ta raison; il
faut, en dormant, que tu te persuades
de mon infidélité, et que tu t'expliques
défavorablement toutes mes actions: je
souhaiterois que cette jalousie montât
jusqu'à son comble, et que tu fusses
sur le point de succomber sous le poids
de ton désespoir..... Que ton cœur
cesse de murmurer, ceci n'est qu'illu-
soire; c'est pour te faire enrager que
j'ai l'air de te souhaiter du mal que tu
ne mérites pas. Je demande excuse de
ma méchanceté : tu avoueras qu'il y a
de ta faute dans ma colère.... Adieu...
On a beaucoup appuyé sur *car il faut*

qu'elle soit de la partie !... C'est
charmant! tu es adorable !.. Les soucis
se dispersent ; on m'aime beaucoup ;
et on promet qu'on m'attachera par
une jambe, puis par un bras après soi,
quand nous serons à la campagne ;
crainte d'une échappée la nuit : on se
propose de se mettre de ton côté,
comme te regardant foible.... Mon
ami, je n'ai pas cru devoir prendre ta
défense ; ce seroit pousser un peu trop
loin l'indulgence.... C'est bien fait ; je
te veux faire souffrir comme un malheureux en enfer. Tu ne saurois pas
m'inspirer des sentiments si doux !
Monsieur, vous méritez toute la ri-
gueur possible ; aussi de ce moment...
Faut-il jurer? je suis capable de tout.
Si on avoit été assez honnête pour demander positivement à ma cousine de
venir sous peu à ***, j'aurois inconti-
nent fait passer à mon ami un extrait
du dictionnaire de la langue qu'on me

demande; mais comme on prie la cousine de se concerter avec un être aérien (car elle est toujours à la campagne, ou je ne sais où), je ne puis en conscience me démunir en votre faveur d'une chose qui devient chère par le prix qu'on a la très grande politesse d'y mettre.

C'est avec toute la distinction que vous méritez que je suis, mon cher ami, aux grands pouvoirs, votre soumise, et plus encore l'admirateur femelle des choses étonnantes qui sortent de votre plume, quand elle tourne dans vos doigts pour correspondre avec la chère cousine. Il faudra lui faire des tours pendables ; je puis compter sur vous pour les exécuter... Je suis donc, pour en finir honnêtement, la plus tendre, la plus sincère, la plus énergique, la plus soupçonneuse, la plus capricieuse, la plus insupportable de toutes vos maîtresses.

P. S. Songez que je ne décolère pas
depuis huit jours. J'attends aujour-
d'hui une lettre de vous : dieu veuille
qu'elle ne se ressente plus de votre dé-
raison ! car j'en serois malade pendant
une semaine ou deux, que vous avez
la complaisance, par votre pouvoir,
de me laisser ici. Nous verrons si vous
avez un bon caractère ; vous voyez que
le mien ne passera pas pour un des
plus agréables du meilleur des mondes. Tel commencement, telle fin......
Adieu : je boude bien fort, bien fort,
pour rire s'entend....

*** .

LIVe. LETTRE.

19.

MON ami, j'ai eu hier soir une peur,
mais une peur qu'à peine si j'en suis

tranquille. Ta cousine avoit besoin de papiers qu'elle avoit confiés à ***. Cette dernière, étourdie par cette demande inopinée, crut que tout étoit découvert; elle me prie de les chercher avec elle : la cousine étoit sur mes épaules, je l'y portois en effet!... Me trouvant trop bête pour chercher ce qu'elle vouloit, elle me prend par le bras, retourne tous mes habits, va pour mettre la main sur des bonnets de dentelle à moi; je me saisis à l'instant de deux dans lesquels étoient tes lettres; et me voilà plus morte que vive, précipitant dans les flammes les bonnets et les lettres; le temps de t'écrire est plus long que celui que je mis à cette grande expédition. Elle n'a rien deviné, cette cousine!..... Nous avons nous deux *** ramassé bien précieusement les cendres de mon auto-dafé : je les garde dans une boîte; je défierois bien l'homme le plus péné-

Vous n'avez pu résoudre le problème
de notre attachement un peu précoce,
et vous voulez en référer à mon jugement ! Monsieur, vous me faites trop
d'honneur, je vous assure ; il faudroit
avoir une touche plus légère que la
mienne, pour définir ce précieux mys-
tère : vivons dans l'ignorance jusqu'à
ce que le temps, notre maître, nous
éclaire tout naturellement. Je crois que
vous ne pouvez m'en vouloir d'éluder
une question telle que la vôtre ; mais
je crois pourtant, par le commencement de celle-ci, vous donner un
aperçu de l'idée que notre liaison me
suggère ; elle est écrite en caractères
ineffaçables au fond de mon ame : je
jure, de concert avec vous, que je ne
trahirai point mes serments. Vous avez
subjugué tout mon être ; tout est vous,
tout vous ramène vers moi. Je suis jalouse de savoir qu'un maudit tiers doit
aujourd'hui jouir avec moi de votre

vue ; je lui dirois volontiers : Retire-
toi de mon soleil..... Cette jalousie-
là a des bornes, je vous proteste. Vous
pourriez ne pas tant vous abaisser, en
me disant sur-tout de repolir votre caractère : c'est à moi à vous faire cette
humble prière ; aussi, avec le secours de
l'amitié, j'espère arriver à ce degré de
perfection que j'adore en vous. Oui ,
je puis prononcer ce mot, il est l'effu-
sion d'une ame remplie de la tendresse
la plus délicate pour vous. Je suis véritablement honteuse de vous avoir
tenu si long-temps à vous faire part
des malheurs qui m'ont affligée pendant des années. Je m'en veux de ne
pas vous entretenir toujours d'idées
agréables , par exemple, comme celle
que vous m'inspirez, lorsque vous vous
croyez Tantale.

Je vais vous posséder dans quelques
heures, mon cœur ! j'attends, avec une
impatience qui doit vous être con-

nue, ce précieux moment. Que les jour-
nées sont longues et les soirées courtes !
Adieu, mon meilleur ami, mon véritable ami ! comptez sur une constance à
toute épreuve. Si jamais vous admirez
mes vertus, elles seront votre ouvrage:
vous êtes pour moi un livre saint que
je chéris et que j'honore. Je n'ai pas
rempli fidèlement la tâche que vous
m'aviez imposée ; mais c'est que j'ai
tant de choses qui me bouleversent,
mes idées se choquent, enfin je réclame l'indulgence d'un ami qui n'a
pas besoin de la mienne.

Je vous demanderai une réponse, si
vous accédez au raisonnement que ma
plume a tracé d'après l'impulsion de
mon cœur. Je vous renouvelle l'assurance de la tendresse la plus parfaite.
Je crains de relire ma lettre ; je m'en
voudrois si je n'avois pas dit tout ce
que je ressens, même à votre aspect.

*** .

~~~~~~

XVIIIᵉ. LETTRE.

25.

ELLE est dans le porte-feuille en
question, cette jolie lettre ! Je la pose
mille fois sur mon cœur ; elle écoute
ses battements, elle sait à merveille
quel est l'objet qui le commande ; je
la compare avec son auteur d'hier soir.
Oh ! que je suis fâchée de le dire pour
ma propre honte ! vous n'avez pas
perdu dans mon esprit ; mais je me
suis permis d'observer que rien n'est
parfait dans la nature, puisque le dia-
mant même a des défauts. Je ne prétends point, par ces discours, me ré-
tracter de ce qui est énoncé dans ma
lettre d'hier. Mon cher M***, voyez
un peu si je puis vous trouver coupable, quand je me rencontre si sou-

(77)

vent en idées avec les vôtres ? Votre
missive est délicieuse ; elle me demande une réponse : jamais je ne vous
laisserai dans le plus petit doute sur
l'éternité qui ne peut m'effrayer dans
cette liaison ; vous pouvez hasarder de
tracer ces mots : *Suis-je bien celui
qui dois vous aider à supporter le
fardeau quelquefois pénible de la
vie ?* Que toutes ces questions réunies
me font souffrir ! Sûrement je vous
destine, avec une joie bien douce, à
ne confier qu'à vous, M***, toutes les
sensations de mon ame.

Si cela n'est pas cruel ! on vient
m'arracher du moment le plus agréable que je puisse éprouver aujourd'hui,
pour aller avec des fous regarder B***
au***. Jugez du plaisir que cette vue
me procure. Au contraire, je vais dé-
tester la société, puisqu'elle vient troubler par ses lois le plaisir que je goûte
en ce moment. Je vous attends de-

I 7*

main ; sur-tout que ce soit de bonne
heure. Je garde précieusement votre
dernière, voulant, un jour plus op-
portun, y faire une réponse digne
de celui que j'aime. Eh bien ! voyez
comme je suis plaisante ! Je trace ce
mot usité, mais rarement senti, avec
une facilité qui me charme.

Je ne puis finir en vous embrassant,
ce seroit déroger à nos principes. Je
me contenterai donc de garder mon
envie jusqu'à la première entrevue.
Toute à vous, oui à vous avec bien
du plaisir.... Adieu, M. ***, adieu,
sans raison : adieu, tout aimable,
adieu ! délices de ma vie ! Adieu,
adieu ! Non, je ne vous embrasse
pas ; pourtant !... Je veux aussi savoir sacrifier à la raison.

*** .

~~~~~~~~~~~~~~~~~~~~~~~~~~~~~~~~~~~~~~~

XIXe. LETTRE.

26, soir.

Nous agissons comme Saint-Preux et Julie, ils se quittoient pour aller l'écrire ; et nous, à peine sortis d'auprès l'un de l'autre, c'est à notre plume que nous nous adressons. Combien doit-on remercier celui qui le premier inventa ce doux moyen de tracer à l'objet de ses affections les vœux les plus sincères de son cœur ! Je croirois manquer à M. ***, si je passois sous silence la reconnaissance dont je suis pénétrée de la démarche trop aimable que sa délicatesse lui fit faire. Mon ami, vous me prenez absolument en traître : vous ne pouvez donc pas me laisser au moins un petit coin de mon être ? Il faut que tout

vous appartienne ! Je suis vraiment
stupéfaite de la puissance que l'a-
mitié vous fait exercer sur moi. Esprit, cœur, ame, tout vous appartient. Quel est donc votre secret ?
Quand le hasard nous fait confondre
nos regards ensemble, je tremble de
trouver dans vos yeux encore quelque
chose à desirer ; je suis intimidée à
votre vue ; mes facultés s'anéantissent
à un tel point que je ne vous vois
plus : mon cœur sait que vous êtes
auprès de moi ; il cause avec le vôtre,
mais ma bouche devient muette : je
vous demande pourquoi : quels sont
les moyens de remédier à de si doux
maux ? Ah ! M. ***, je crois trouver
la définition de tout ce que j'éprouve ;
c'est que je ne dois pas laisser le
moindre doute à mon ami de la sincérité du sentiment vraiment nouveau
qui subitement est venu s'emparer de
mon ame. Je me rappelle avec plaisir

l'agréable proposition que vous me
fîtes de me donner le bras en voyage ;
je pourrois être comparée au lierre
qui se marie avec le chêne majes-
tueux ; il semble que sa grandeur doit
abriter tout son voisinage : c'est sous
es auspices que je fais route avec
vous, promettant de ne pas faire de
faux pas.... Nous pourrons, sans
aucuns risques, nous reposer sous ses
ombrages frais. Qu'en dites - vous ?
Que votre morale s'évère ne s'arme
pas contre moi : vous êtes cause de
mon envie de courir les champs avec
vous ; j'aurois tant de plaisir à vous
mutiner, à vous faire oublier, pour
un moment, et par la noble chasse,
es vicissitudes de la vie humaine !...

Quand je vous dirai cent fois : Je
vous aime, ce ne sera pas vous le
prouver. En conscience, dans le moment où nous sommes, vous avez
besoin de me croire pour être heu-

reux. Ne prenez jamais avec moi les airs fantasques d'un jaloux ; je tremblerois de continuer à vous voir , si je croyois , par ma conduite, obscurcir les beaux moments qu'une liaison fondée sur l'estime peut vous préparer. Comptez donc sur ma sincérité , sur ma franchise à ne jamais vous cacher la plus secrète pensée de mon cœur.

L'heure m'ordonne de vous quitter : je vais tâcher de prendre un repos salutaire à mon ame; j'en ai besoin aujourd'hui , car cette lettre infernale m'a fait une peine que je n'ai pu surmonter qu'à l'aide de votre indulgence. Je porte le coup aujourd'hui ; je vous embrasse avec toute la tendresse permise. Quand on est si hardie , dira M***, on est bien peu respectable : je vous réponds que j'ai toute la pureté possible, en vous offrant ce que je donnerois à mon fils.

Je vous attends demain 27; soyez

exact à faire le bonheur de celle qui
ne respire que pour vous : c'est une
vérité authentique, et que je me charge
de prouver quand on voudra , c'est-
à-dire à la face des cœurs sensibles. Je
vais prier Morphée de me couvrir de
ses pavots, sur-tout de ne pas me
faire quitter mon petit M ***. Non ,
ce n'est pas possible, je l'ai avec moi,
c'est sûr. N'oubliez pas le milieu de
mon cœur.

***.

XX.ᵉ LETTRE.

28.

Qu'il est puissant ce motif qui m'em-
pêcha hier d'accéder à vos désirs ! Vous
ne demandiez rien, je le conçois ; mais
vos yeux, votre bouche, tout décéloit
les souffrances que l'amour nous pré-

pare. Je suis d'accord avec votre pensée
du soir ; je suis peut-être la cause première de l'égarement qui sembloit venir troubler la sécurité promise. M***,
vous avez adopté ce que je disois sur
ma pendule pour excuser la témérité de vos sens... Je confesse, avec
toute la franchise que vous méritez,
combien j'ai fait d'efforts pour obtenir le nom d'amie seulement ; mais si
vous ne venez à mon aide, je suis bien
à plaindre. Pourquoi donc exiger d'un
sexe plus foible que le vôtre des éclairs
de raison que vous ne pouvez avoir ?
Je retombe, à votre imitation, vers ce
dieu malin, l'Amour, ce desir inné,
l'ame de la nature. Faut-il dire que
c'est le principe inépuisable d'existence, que c'est la puissance souveraine
qui peut tout, et contre laquelle rien
ne peut, par qui tout agit, tout respire et tout se renouvelle? Faut-il dire
encore que c'est une divine flamme,

un germe de perpétuité, que l'Eternel a répandu dans tout avec le souffle de la vie ? Faut-il ajouter, précieux sentiment qui peut seul amollir les cœurs glacés en les pénétrant d'une douce chaleur, source unique et féconde de tout plaisir, de toute volupté ? En voilà, j'espère, assez pour vous prouver qu'on sent à merveille ce que vous voulez dire. Eh bien ! j'ajoute que l'amour peut faire l'état heureux de tous les êtres vivants, mais qu'il est l'ennemi de l'homme. Pourquoi cette sévérité ? C'est qu'il n'y a que le physique de cette passion qui soit bon, malgré ce que peuvent dire les gens épris. Je ne voulois pas en tant raconter, crainte d'entendre M***, avec son air charmant, relever chaque phrase de ma lettre, et me persuader que celui qui veut trop prouver ne prouve rien.

Il est en ce moment deux heures ; ce soir je veux vous remettre cette missive ; et, si vous y lisez votre condamnation , vous prendrez garde que tout est oublié en vous voyant. Ne recommencez pas sur de nouveaux frais, car je ne me flatte pas d'avoir toujours des arguments irrésistibles. Je ne vous embrasserai plus jamais, pusique cette action entraîne à desirer ce que nous devons, pour notre bonheur éternel, oublier!... Ne blâmez pas votre amie de vous parler ainsi ; elle ne peut faire autrement pour conserver auprès de vous le titre admirable de femme sensée. Si je me trompe, c'est que vous êtes enclin à mal faire.

***

~~~~~~~~~~~~~~~~~~~~~~~~~~~~~~~~~~~~~~

XXIᵉ. LETTRE.

29, 7 heures du matin.

AVANT de sortir de chez moi, je vous
dois un petit mot qu'on remettra au
porteur de la vôtre, afin que je ne tombe
pas dans la même faute que vous hier,
c'est-à-dire, en ne vous écrivant pas.
Je vais au *** de ce pas; jugez quel plaisir! Je ne sais si Morphée a voulu prendre la défense de l'Amour; il m'a refusé
toutes les douceurs possibles; il prétend peut-être me punir d'avoir été me
présenter au temple de l'indifférence;
je n'y suis véritablement allée que sous
condition : en approchant de cet endroit, je me suis pénétrée de l'étendue
des devoirs qu'on pouvoit m'imposer;
ils ont quelque chose d'effrayant. Vous,
M***, je sais où vous avez été; mais,

mon ami, votre guide avoit un ban-
deau, et son flambeau n'étoit pas dans
le cas de vous éclairer, puisque je le
lui avois dérobé pour faire mon péle-
rinage.

L'heure me commande; je vous quitte
à regret : recevez donc de celle qui vous
aime l'assurance d'un attachement
sans bornes et d'un amour pur.... Je
ne me permets pas de plaintes sur le
passé : le futur me rendra peut-être
aussi coupable. Malgré cet aveu, si vous
pouviez maîtriser vos droits, mon ami !
vous feriez le bonheur de celle qui re-
marquoit aujourd'hui, pour la première fois, qu'elle signoit dans une
lettre envoyée à ***. J'ai été frappée de
cette cette vérité : il me seroit sensible
de mentir.

Adieu, vous que j'aime avec toute
la réserve qu'un amour délicat inspire.
A ce soir.

***.

XXIIe. LETTRE.

3 Flo.

FUYEZ, fuyez loin de nous, êtres froids et indifférents ! ne venez pas dire que la jouissance éteint l'amour : comparoissez devant notre tribunal, vous ne serez pas longs à juger. Si tu savois, délices de ma vie, mon cher M***, combien ton image chérie me suit en tous lieux ! Tu es toujours auprès de moi ; tous les soupirs qui s'exhalent de mon cœur ne sont pas long-temps à trouver un asyle. Que je suis heureuse de t'aimer ! que je suis triste de te quitter ! que de larmes l'Amour ne me fera-t-il pas verser !..... Je crois d'avance éprouver des regrets sur une séparation….. Quittons un entretien déchirant pour mon cœur, pour tous deux, dois-je dire, car nous sommes unis par les mêmes passions, par les mêmes facultés de l'ame ; nous sommes soumis aux lois de la nature : imitons, mon aimable ami, sous un rapport les habitants des airs, qui ne se mêlent pas avec une espèce différente de la leur, quoiqu'ils aient à-peu-près le même plumage. Nous sommes en amants ce que les héros sont, des aigles superbes qui planent au-dessus de l'humanité dans les régions (nous pouvons l'appliquer à deux) de la gloire. Comment les feux qui m'animent ne seroient-ils pas éternels ? l'estime est la base de mon amour ; je suis tendre sans ostentation, je serai fidèle sans efforts, vertueuse par lui. D'après ce foible, mais très foible exposé de mes sentiments, je crois les immortaliser.

Je vois que ma feuille est simple, j'en ai du chagrin ; j'ai tant de choses

à te dire quand je tiens ma plume !
Je suis donc toujours obligée de me résumer, mais jamais en amour ; il s'étend
sur tout mon être. A ce soir, ange que
j'adore ; je vais faire mon ennuyeuse
visite : dix baisers bien amoureux.....
Ta Minette pour la vie.

***.

XXIIIe. LETTRE.

M..., 7, 1er. jour de mon supplice.

Je suis arrivée, mon bon M***, avant
6 heures dans cette triste ville ; je dis
triste, parce que tu n'y es pas. Les en-
virons invitent à la mélancolie ; et
quand une ame est aussi affectée que
l'étoit la mienne, elle prêtoit infiniment à ne point embellir les objets.
C'est donc pour mon dessert que je

t'écris, avant de chercher dans les bras
du sommeil un repos que je doute trouver : la nuit ne peut calmer la peine
d'un cœur tourmenté par l'amour. Qu'il
est cruel le moment de la séparation !
mes yeux remplis de larmes te cher-
chèrent long-temps avant de te distin-
guer ; je te vis à la vérité agiter ton
chapeau en signe d'adieux , mais ma
vue se troubla, et je cherchai dans le silence à adoucir ma douleur..... Je sais
concentrer des choses aussi sensibles
par une grande raison , c'est qu'il me
faut préparer à changer ma façon d'être ;
s'il est malheureux de quitter l'objet
de son affection , il est aussi bien doux
de lui faire connaître à quel point on
l'aime , car je t'adore. Le charmant
livre que je porte religieusement à mon
côté, m'enhardit à jurer devant l'univers que toujours tu seras l'ami de mon
cœur, mon amant, mon frère : tous
les serments ne sont rien auprès de ce

que je nourris en mon ame pour toi.
Que je suis orgueilleuse de t'avoir ainsi
attaché à mes pas ! crois que je t'en ai
bien de l'obligation ; crois fermement
encore que je serai toujours la même ,
c'est-à-dire la plus tendre des amantes.
Les mouvements de ta belle ame lors de
notre séparation ne purent échapper à
ta Minette : elle a receuilli avec un
amour sans exemple tout ce que tes
traits altérés lui dirent. Soit tranquille,
mon cher bien aimé , sur celle qui ne
respire que pour te plaire : elle doit
aux vertus, que tu lui sais si bien peindre, joindre celle de souffrir avec patience tout ce qu'on lui destine : quand
les contrariétés viendront pour l'assiéger, elle pensera qu'un homme tendre,
délicat, aimable , s'occupe de son
bonheur.

Adieu, ame de mon existance : n'oublie jamais ta fidèle et tendre Minette.
J'ai encore dix-neuf lieues à faire avant

d'arriver à ma destination : il me semble que ma tête est dans un embarras
terrible : elle suit les impulsions de
mon pauvre cœur. Mille baisers, plus
tendres l'un, plus délicieux l'autre,
t'arrivent par eau, pour n'être pas
froissés, de la part de la délaissée
Minette : elle va compter les heures,
les semaines, avec une dextérité fa-
cile à comprendre quand on aime. Il
faut donc te quitter ! je m'arrache une
seconde fois de tes bras. Ah ! dis-moi
bien souvent que tu m'adores, ce sera
mettre le comble à ma félicité. . . .

Nous sommes en bonne santé : encore
adieu ; encore amour éternel ; et cela
tant que je vivrai, je ne cesserai de te le
dire, comme de te le prouver. Constance, amour, voilà la devise du cœur que
tu habites ; tu es le principal locataire de
ce petit appartement. Sois sage, ménage
tout ce qui t'entoure, ta santé particulièrement ; elle est nécessaire à la

tranquillité de ta petite ***. Embrasse-
moi donc, ou bien je dis, Retirez-
vous donc. Oh ! non, reste encore.

★.

~~~~~~~~~~~~~~~~~~~~~~~~~~~~~~~~~~

XXIVe. LETTRE.

8.

Mon ami, je réponds en abrégé à ta
charmante missive ; j'ai, en termes de
l'art, été mécontente de la réception :
on m'a dit que tu étois bien mysté-
rieux ; que je l'étois aussi par contre-
coup ; qu'il étoit abominable d'avoir
fait une pareille équipée sans l'avertir.
C'est avec raison et justesse que j'ai
entrepris ma défense. Il est donc dit
que tu es venu à la *** que la veille
de *** ; tu y es resté un jour plein ; que,
le premier, tu es revenu avec nous à

cheval; que ce dernier a passé la nuit
chez moi; que, le 3, tu es venu me
rendre une visite; que, pendant les
quatre minutes que j'ai eu le plaisir
de t'avoir chez moi, tu avois paru
content de la campagne; que tu devois
en faire ton compliment à ***; que tu aimois bien chasser, mais point avec ***...
Elle a des idées confuses sur tes sentiments pour moi; mais j'ai si bien mé-
langé ta folie avec la raison, qu'elle
croit que la première est ton élément.
Elle a demandé à qui tu avois offert tes
hommages : A toutes, ai-je répondu.
Tout enfin, mon ami, a réussi au gré
de nos desirs : le souvenir n'a pas été
en scène le soir de l'arrivée; mais, en
causant de chiffons, j'ai demandé grace
pour un bijou de fantaisie: elle a vanté
mon goût. J'ai donc la permission de
porter ce qui m'est bien cher! Sois
certain que ce souvenir et mon cœur
seront alternativement portés; c'est

ma *** qui m'a engagée à faire le changement du collier avec ce que je suis si
aise d'avoir. Nous n'avons point encore parlé intérêts ; elle m'a paru contente. Songe à lui écrire sur la campagne, tu n'y as été qu'une fois ; défense à elle d'en donner mot à ***, c'est
en faveur du secret que tu as gardé par-
tout, qu'elle pardonne ce défaut de confiance de ma part ; elle prétend que
tout le monde diroit que je suis ta
maitresse. Qu'on le dise ou non, il n'en
est pas moins vrai que je t'aime plus
que ma vie, que je ne cesserai jamais
de te le répéter, que je ferai tout pour
te plaire.

Reçois mille baisers de ta Minette.
C'est aujourd'hui le 8, tu auras des
nouvelles bientôt. J'en perdrois la
tête... Amour éternel, et constance :
change ton cachet. Quand je serai plus
à moi, je ne te ferai pas grace des qua-

I   9

tre pages. Adieu : encore un bien doux
baiser bien amoureux !....

~~~~~~~~~~~~~~~~~~~~~~~~~~~~~~~~~~~~~~~

XXVe. LETTRE.

9.

Mon ami , tout va fort bien ; on est
satisfait de m'avoir ; plus de craintes ,
plus d'alarmes ; on est dans un équili-
bre parfait : je ferai tout pour y vivre.
Livrons-nous un instant au doux plaisirs de la dernière consolation des absents ; écrivons nous , mon cher bien-
aimé ; peignons-nous le bonheur que
nous avons d'être unis l'un à l'autre :
l'éloignement ne te fera rien perdre
dans mon esprit ; mon cœur est trop
bien rempli de ton image adorée pour
t'oublier une seconde : je te vois dans
tout et par-tout ; la verdure que j'ai
sous mes croisées m'enfonce dans des

idées dont je ne me retire qu'avec les larmes d'un aimable souvenir aux yeux. Si je prends un livre, à moins qu'il ne soit trop abstrait, il te ramène auprès de moi : les sciences, l'étude peuvent distraire, mais elles ne font jamais oublier les passions ; et quand elles auraient ce droit, que pourroient-elles sur un penchant que l'amour autorise ? Tu le sais, mon cher M***, ce n'est point une de ces vapeurs passagères que le caprice fait naître, et que bientôt il dissipe : la raison, qui me fit connoître mon cœur, m'apprit qu'il étoit fait pour t'aimer ; ce fut à la lueur de son flambeau que j'aperçus l'amour. Pouvois-je ne pas le suivre ? Je vis dans tes regards la bonté, la douceur ; cette découverte fut ma félicité ; tout cela me fit croire au bonheur : la raison, notre amie, m'apprit qu'elle n'étoit souvent que l'art de faire naître et durer les plaisirs. Vois

donc comme je vais loin ! Nous étions
pourtant décidés à ne parler que de
choses indifférentes, pour ne pas r'ouvrir une plaie bien fraîche ! Il ne faudroit pas avoir d'ame pour t'écrire
froidement. Mon ami, ma plume refu-
seroit ce service, si je l'employois auprès
de toi sans parler du feu qui circule dans
mes veines. Je ne me plains pas de mon
sort, mais je voudrois, une heure par
jour seulement, être ta chienne : mes
souhaits ne sont pas relevés, puisqu'il
ne m'est pas permis d'en faire d'autres!... Je suis sur les épines en t'écrivant. Souviens-toi que ta Minette t'a-
dore, sois-en convaincu en tout temps
et en tous lieux. Ecris à *** avec confiance, étends-toi sur sa campagne ;
elle est comme les vieux marins qui
aiment entendre parler naufrages, tem-
pêtes ; son goût à elle est de chanter les
beautés villageoises : il faudra lui en-

voyer un Virgile ; il récréera son imagination campagnarde.

Cent mille baisers remplissent ma
lettre : reçois-les d'une bouche qui n'a
l'autre plaisir à s'ouvrir qu'en pro-
nonçant ton nom. Le *** a fait un
effet merveilleux dans une maison où
e vais ; on a été plus d'une heure à le
anter ; une dame sur-tout desireroit
en avoir un pareil. J'écris par le même
courier à ma sœur : je lui fais une his-
oire sur le souvenir qui n'a aucun
apport avec la véritable.

Amour pour la vie de la part de ta
Minette.

***

~~~~~~~~~~~~~~~~~~~~~~~~~~~~~~~~~~~~~~

XXVIe. LETTRE.

10.

Quand je puis écrire, si je ne le
faisois pas, ce seroit bien là manquer

I   9*

d'amour ; et si jamais je passe pour ne pas savoir aimer, ce ne sera pas vis-à-vis de mon cher M***. Tu crois donc que je puis lire de sang-froid ta jolie lettre en date du 8 ? C'est moi qui m'agenouille cent fois par heure devant toi ; c'est moi qui dois m'extasier de ta manière de peindre si amoureusement les délices de la promenade solitaire. Divine passion, tu ennoblis tout ce que tu touches ! tu élèves mon ame, tu amenes sur l'aile de l'espérance mon cher M*** dans mes bras, sur mon cœur ; il ne quitte jamais cette dernière place : mais il est des instants où je sens vivement que tu n'y es qu'en pensée ! Réalis l'idée bien douce de nous revoir bientôt ; tu le peux, voici comment : On disoit à ta cousine, seriez-vous contente, ma chère amie, d'aller dans la capitale ? Comme on n'a pas de raisons pour y aller, elle a répondu que, rien

ne l'y appelant; elle n'avoit intention
de partir que vers le 18 ou le 20***.
Il y a jusqu'à cette époque vingt-quatre
jours. Ceci est un avertissement que
te doit ta Minette : tu es toujours l'a-
mi bien aimé de ta cousine ; je suis
la prêtresse qui entretient le feu sacré sur l'autel de l'amitié.

Adieu, mon ami, voici mon peintre. J'écris par le même courrier à
ton ami de la rue voisine de la tienne.
Le proverbe est envoyé : pour les livres, je ne sais d'où vient le silence
qu'on garde; ce qu'il y a de charmant,
c'est que je t'accuse hautement de cet
oubli. L'humeur accroît en bonté; on
s'aperçoit de l'ennui qui dévore les plus
beaux momens de ma vie, on cherche
à l'adoucir ; mais, hélas ! le remède
souverain est à ***. Dis-moi toujours
que tu m'aimes, c'est le moyen de me
faire croire au bonheur.

Ne doute pas des sentiments de

ton amie ; songe qu'il n'y a pas une
minute dans la journée, pas un soupir, qui ne t'appartiennent. Tout ce
qui existe est pour moi un objet de
comparaison : paroît-il à mes yeux
quelque chose d'aimable, je dis, c'est
lui : si, au contraire, je trouve des
gens qui parlent avec aigreur, qui
ne présentent que des figures farou-
ches, je dis : Ce n'est pas lui.....
Voilà ma vie, ce que je suis toute la
journée, la nuit. Que dire ? je soupire ; c'est le langage d'un cœur qui
est rempli de son amant.

Je ne t'embrasserai que lorsque j'aurai dans les mains l'ordre divin de te
rapprocher de ta bonne personne. Il
faudra que mon portrait ne languisse
pas dans les mains du peintre ; car à
notre arrivée on le pourra bien demander : il y auroit de la cruauté à
me priver aussi de te caresser ; je te
donnerai au contraire tant de baisers,

que tu seras contraint, pour les avoir
en réalité, de m'appeler bien vîte
auprès de toi. Tu vois que j'emploie
des moyens aussi doux que tu le
mérites.

Je te serre bien tendrement contre
mon sein, et suis, avec un amour
sans égal, ton intime amie.

*** .

~~~~~~~~~~~~~~~~~~~~~~~~~~~

XXVIIe. LETTRE.

II.

Comme une servante d'auberge, j'ai
parlé à mon ami de sa délicate attention sur les livres, comme si cela m'é-
toit dû. Pardon, mon cher bien-aimé,
de ce trait d'inadvertance; je suis persuadée que tu y as pris garde, mais que
ta bonté excuse cette balourdise de ma
part : je te prie de croire que la légèreté

avec laquelle j'ai traité cette complaisance gracieuse dans ma lettre d'hier, n'étoit pas l'effet de la précipitation que j'y ai mise pour l'écrire : j'en ferai amende honorable devant mon ami quand il voudra. Me voilà donc à ta discrétion ! parle, je suis prête à expier cette impertinence absolument déplacée. Je n'ai point eu de lettres de toi hier : voilà la juste punition de ma faute... Ce n'est qu'à la poste que je dois cette infidélité, du moins je m'en flatte. Si tu savois, mon cher amour, combien je me suis ennuyée dans cette journée ! des femmes plus ridicules, des manières si peu aisées, des regards mal placés, joignant à cela la sottise de vouloir juger les gens sur leurs physionomies. J'ai sûrement le cœur rempli d'un être charmant ; cela n'empêche pas que mes traits prennent quelquefois une teinte de tristesse qui ôte aux clairvoyans l'art heureux de deviner ce

qui se passe dans mon ame. Mon ami,
on se mêle d'interpréter un soupir; on
croit avoir remarqué que c'est telle ou
telle personne qui me cause des dis-
ractions : alors les édentées parlent
vec roideur des mœurs du temps passé; les autres, moins surannées, mais
ui, comme les premières, ne peuvent
lus plaire, malgré tout ce qu'el lesem-
loient, laissent entrevoir que les
junes gens ont des goûts dépravés,
ue l'amour n'est chez eux qu'un vain
nom, qu'ils foulent aux pieds les lois
e la société, que la nouveauté sur tous
ls points a des charmes à leurs yeux.
Toutes ces sottises me déplaisent à la
mort : je suis tentée de remettre à sa
place la grande compagnie de folles. Si
je suis à la promenade, comme j'étois
ier, eh bien! je m'éloigne, sans trop
lesser les règles de la société, pour
me livrer à mon cher *** ; je lui conte
en bas, bien bas, toutes les absur-

dités que ces femmes disent. Il me prie
de prendre patience, il m'engage à user
de ma philosophie, de celle qui m'é-
lève au-dessus de ceux qui, comme des
machines, agissent et se meuvent sans
savoir comment ni pourquoi. Que ces
êtres-là sont malheureux ! et ceux qui
les entourent le sont pour ainsi dire
davantage. Quaud je rentre chez moi
après avoir été l'esclave des préjugés
de province, je me déshabille promptement, crainte d'avoir sur moi con-
servé l'air de leurs ridicules ; je dis à ma
cousine que je compte avoir place au
martyrologe à la fin des siècles. Les
hommes ici sont pas sables, en les lais-
sant toutefois auprès des dames de
leurs pensées ; ils ne savent pas, ces
êtres, que le mérite supérieur dans les
hommes est comme la vraie beauté dans
let femmes : l'un et l'autre ne s'effor-
cent ni ne négligent de paroître ; ils n
sollicitent ni ne fuient les éloges ; loi

de les mépriser, plus ils les méritent, et plus ils en reconnoissent le prix. Une sensibilité vive et juste est le caractère souverain du vrai mérite en tout genre. La singularité des gens de province est étonnante, quand on les voit s'armer d'une dédaigneuse indifférence sur leur réputation : cette grimace devroit être généralement declarée l'affiche des faux talents dans un sens, et des charmes équivoques dans l'autre. Nous avons dans notre société des jeunes gens qui ont des talents : tu ne croirois pas, et je l'ai remarqué sans partialité, ils croient que c'est un titre pour se dispenser d'être aimable. Quand je pense qu'elle différence il existe entre l'homme véritablement aimable et celui qui le veut paroître, je gémis en secret, et vîte je me transporte près du premier ; je le trouve dans mon frère, mon amant. Je suis orgueilleuse, mon ami, et j'en donne une preuve

10

convaincante dans l'amour que je te
porte : tout le monde ignore que je
t'aime , tout se concentre au fond de
mon ame ; tu es seul dans mon cœur :
ceux qui gardent l'entrée de cette demeure se nomment l'estime , la consi-
dération , la franchise , la vertu , la
décence : l'amour est le commandant
de cette troupe choisie ; on ne voit pas
de mécontents ; tous se comportent à
merveille ; enfin ils sont fiers du rôle
qu'ils jouent autour de ton trône :
mon emploi est de les encourager.

Adieu, mon cher Amour : je t'aime
chaque jour davantage; ce seroit m'in-
jurier que d'en douter. Amour pour la
vie. Ta cousine est certaine que tu es
amoureux de ton ami de la rue ★★★. Il
n'y a rien de joli comme les êtres péné-
trants, n'est-ce pas ? Pardon de mon
griffonage ; lis que je t'aime , et mon
but est rempli. Ecris à ta cousine ; tes
lettres la ravissent. Je te remercie d'a-

voir débrouillé le chaos ; cette lettre
en est un véritable.

***.

~~~~~~

XXVIIIe. LETTRE.

<div align="right">12.</div>

Réparation d'honneur ! j'ai deux
lettres de deux dates differentes. Tu
es donc malade ? tu n'es pas raisonnable, tu ne peux me faire plus de
peine que de m'annoncer cela. C'est
peut-être moi qui suis la cause première de tes souffrances. Oh ! si mon
amour pour toi peut adoucir tes douleurs, tu seras bientôt guéri. Tu dois
avoir remarqué à quel point nous
sommes cohérents tous deux : tu dis
ce que je dis ; tu penses ce que je
penses ; tu m'aimes, je raffole ; tu

m'assures que ton bonheur est de me plaire, j'atteste devant le ciel, qui fut témoin de notre félicité, que je ne respire que pour te chérir, que si je m'applique à avoir des vertus, c'est pour t'en faire l'hommage. Vois donc si la sombre philosophie pourroit avoir à redire à un lien que la délicatesse, l'amour, l'amitié, se sont plu à former. Je ne me fais aucun reproche, je te le proteste; je suis si pénétrée que mon cœur ne peut se tromper, que je vis en sécurité sur celui que tout le monde trouve aimable. Que ce papier est heureux ! il va être placé sur ton cœur, sur le trône où j'ai pris place. Monsieur, je ne veux pas que vous soyez triste. Tu ne chantes plus; il est pourtant des airs langoureux qui ramènent l'ame à l'objet qui l'occupe encore davantage. Je me suis fait un plan de vie. Il n'est pas possible de nous

voir, n'est-ce pas ? eh bien ! je me
porte au jour heureux qui doit nous
réunir ; j'attends en silence l'ordre
qui doit me faire revoler auprès de
ce que j'aime si tendrement ; oui ,
avec une force qui ne s'exprime pas
facilement.... Je ne trouve dans cette
ville que des sots ; la société des pro-
vinces est insipide : j'ai voulu en tâter ;
si tu savois quelle différence ! Une que
je cherche en vain , c'est la tienne ;
qu'elle est douce ! jamais de contrariétés , toujours de la franchise ; elle
est mon intime , tu le sais !

On vient ; il faut , mon ami , céder
aux importuns : on est tranquille ,
non sans avoir des doutes ; mais qui
pourroit les dissiper ? J'écris à ma sœur
de te dire un million de choses charmantes. Adieu , mon tout , mon bonheur : porte-toi mieux , ménage tes
jours ; ils sont chers à bien du monde.
C'est aujourd'hui le 12 , je ne parlerai

que dans plusieurs jours. Dieu, que je serai contente !.... Amour pour mon bon *** de la part de Minette.

***.

〜〜〜〜〜〜〜〜〜〜〜〜〜〜〜

XXIXe. LETTRE.

13.

Vous êtes trop aimable quand vous dites qu'il faut vous renvoyer vos lettres ! Non, mon ami, je ne puis ainsi me séparer de ce qui me console de votre absence. Pouvez-vous croire que votre amie puisse sacrifier ainsi tout ce qui vient de vous ? Ne crains rien pour ce dépôt précieux ; nul mortel ne peut imaginer l'endroit où l'amour leur a donné gîte. Sais-tu une chose ? c'est que je t'aime cent fois davantage que je ne le faisois il y a quinze jours. Il se développe ce petit

dieu dans tout mon être ; il est venu
à bout de me retirer de l'imagination
des idées sombres , noires , qu'enfan-
tent ordinairement les vuides du cœur :
mon état est digne d'envie ; c'est à
toi , homme que je ne saurois trop
diviniser , que je dois ce changement.
Je crois que rien n'est plus heureux
que nous sur la terre , à l'éloignement
près. Qu'avons-nous à desirer ? nous
nous respectons mutuellement , nous
nous aimons d'une manière qui n'est
pas choquante pour ceux qui pensent
comme les véritables amants ; nous
ne nous voyons aucun défaut , n'est-il
pas vrai ? Ce n'est pas pour te contrarier ; mais permets à ton amie de
se servir d'un terme qui ne peut
nous blesser : elle souhaite que ton illusion dure. Ne raye pas ce mot ,
mon cher amour ! il est permis ; puisqu'on la trouve douce cette illusion ,
on la chérit ; or nous devons usiter ce

qui nous protège : je lui dois beaucoup vis-à-vis de toi. Tu ne croiras
pas que je veuille jouer la modestie
devant toi : non, ma vie est à toi; je
je ne puis donc te rien cacher.

Je n'ai rien à t'apprendre de nouveau : on est content, les affaires rient;
juge comme je suis tranquille ! Je n'ai
point été grondée, on m'a fait dépositaire d'un... Tu ne voulois pas qu'une
femme sache le secret.... Croyez, monsieur, que nous sommes susceptibles
d'en garder un : vous savez que, sur
l'honneur de nos époux, nous gardons
toujours le silence. A propos ! tu es
étourdi comme il est défendu de l'être :
tu écris à*** que tu travailles tous les
jours avec ***, au lieu de dire le ***!
Vois-tu ta tête ! On m'a dit que tu n'é-
tois pas à toi. J'ai approuvé ce qu'on
disoit, en ajoutant que la personne ne
devoit pas se fâcher ; que c'étoit une
preuve que tu étois pénétré que tu lui

écrivois ; d'ailleurs que l'inadvertance
étoit permise en affaires. Je suis ton
avocate, quand il s'agit d'étourderie
semblable. Ne va pas lui adresser une
lettre pour moi. Ah ! mon dieu, que
deviendrois-je ? On me demande si tu
m'aimes : je réponds négativement à
des questions aussi insidieuses, que
l'amitié de la société ne peut être
comparée à de l'amour ; que je te crois
assez son ami pour croire que, si jamais tu avois quelques velléités de me
faire la cour, ce titre te feroit rentrer
dans le néant. Il faut des expressions
marquantes en affaires aussi délicates.
Adieu, vilain, qui me chasse d'une
ville qui le renferme ; vous êtes mon
tourment, vous n'y prenez pas garde.
Je n'ai point de courrier perfide en
avant, je suis joyeuse en vérité : ce
matin j'agitois une phrase qui ressem-
bloit beaucoup à ma position ; on me
lisoit à ce sujet des choses attendris-

santes : mon vainqueur étoit en souvenir à la cheminée ; les yeux dessus,
je me sentois inspirée.....Je voulois
finir celle-ci sans te dire rien de tendre, cela n'est pas possible ; ma plume
s'arrête. Je te carresse toujours bien
amoureusement, je te serre contre ce
cœur qui t'appartient pour la vie ; encore deux baisers pour te saluer avant
de te coucher !... Dis-moi si tu as des
coliques, cela est très-sérieux ; sur-
tout, mon amour, pas d'imprudence
pour les lettres de ta Minette ; dussent-
elles être dans la terre, il faut les bien
cacher. Je ne puis m'empêcher de te
recarresser de nouveau pour te prouver que, si j'avois toute la journée la
plume à la main, une rame de papier
ne suffiroit pas pour y coucher mes
embrassements. Réalité, que tu es loin !
Hâte, mon cher bien-aimé, le moment
qui doit rendre parfaitement heureuse
ta Minette, c'est celui de te revoir,

Monsieur, ne faites pas le méchant ; parce que je souffre de ne pas vous voir : ne me laissez donc pas long-temps ici.

C'est à m'éloigner de tes yeux que tu as vu de la prudence.

⚔

~~~~~~~~~~~~~~~~~~~~~~~~~~~

XXXe. LETTRE.

14.

La mémoire, dit Locke, est une table d'airain remplie de caractères que le temps efface insensiblement, quand elle n'est que très-peu frappée d'un objet quelconque : il prétend qu'il faut y re-passer quelquefois le burin. Ce que je t'avance, mon divin ami, est pour t'assurer que ma mémoire est un phé-nomène : je me rappelle à point nommé tout ce que nous avons dit et fait depuis deux mois. La date, me diras-tu, n'est pas si éloignée qu'on ne puisse s'en ressouvenir ; une qui n'aura pas besoin du secours du burin, c'est celle du 20 ***. Si tu savois, ame de ma vie, combien je desire qu'elle s'immortalise ! Je suis toujours dans l'attente. Tu ne peux te faire une idée à quel point je suis lourde aujourd'hui ; je fais des bévues qui démontrent clairement que je suis bien éprise : on a beau déclamer contre les passions, nos moralistes, nos métaphysiciens ont perdu bien du temps, bien de l'esprit et bien des veilles pour nous convaincre des suites funestes qu'elles entraînent : on feroit une bibliothèque considérable des inutilités dites à ce sujet. L'homme est né pour aimer, voir, bien plus que pour raisonner ; il lui faut des images, des idoles à adorer : celui qui blâme l'amour est un sot ; c'est la passion la plus douce, la plus séduisante ; elle

est le charme qui communique à tout
ce qu'on fait et à tout ce qu'on dit,
l'art heureux de nous rendre maîtres
des cœurs.... Je ferai dans ma ville
de *** le procès à ceux qui veulent
n'avoir aucune passion : je veux pourtant prouver que c'est aux passions
que nous devons sur la terre presque
tous les objets de notre admiration :
qu'elles nous font braver les dangers,
la douleur, la mort même, et nous
portent à des résolutions hardies ! Tu
sais que celle pour laquelle je plaide
conduit à l'amour de la gloire ; qu'on
se fanatise pour l'un comme pour
l'autre. Nous avons des exemples frap-
pants sous les yeux : c'est l'empire de
la passion qui fit que Démosthène,
pour perfectionner sa prononciation,
s'arrêta sur les bords de la mer, où,
la bouche remplie de cailloux, il ha-
ranguoit tous les jours les flots muti-

nés. Je ne finirois pas de t'en citer...
Mais il faut te tranquilliser, cher ami,
sur tes craintes : j'ai ta lettre du 12
aujourd'hui 14 , parce que la poste
n'est point exacte ; à la vérité j'ai eu
de l'anicroche il y a quelques jours.
Il y a un *** dans la ville : le traître
de distributeur ne vouloit plus donner
au fidèle Mercure ce qui me fait tant
de plaisir à recevoir : il a fallu que ***
aille faire la confidence que les susdites
étoient pour elle ; puis elle a prié
qu'on ne les remît jamais qu'à elle ou
au petit ***. Le personnage ne sait pas
qu'ils sont à notre service ; tu peux
conserver le cachet ***, mais pas celui
du ***. Tu me fais trembler! Tu es donc
à la chaîne? Mon dieu , que je te plains!
il fait si beau ! Si nous étions à la campagne ensemble , comme la verdure
seroit belle ! quel charme elle auroit à
nos yeux !... Je ne veux pas m'étendre.

sur un sujet qui me prépare des regrets : entends bien que c'est le regret de n'y être pas !

Adieu, tout ce que j'aime de mieux au monde. Sois prudent, bien aimant vis-à-vis de celle qui soupire mille fois le jour après les instants délicieux que tout sembloit protéger... Je suis folle de répéter des choses comme celle-là, elles me font tourner la tête ! Depuis que je suis ici, je n'ai été qu'un jour sans t'écrire : ce sera toujours les décadis que mon encrier sera veuf, à cause qu'il n'y a pas de bureau. Adieu jusqu'au jour où je te serrerai dans mes bras, oh ! bien étroitement ! Amour, sans cesser, de ta Minette.

***

XXXIe. LETTRE.

15.

Est-il possible de n'avoir qu'une plume pour répondre à un amant tel que le mien ! Vous êtes témoins, vous fleurs, tableaux, enfin tout ce qui m'entoure, de ma satisfaction. Deux adorables lettres m'arrivent, et mon esprit ne va pas se déposer tout entier sur ce papier ! Qu'elles sont donc froides mes lettres ! qu'elles sont dénuées de goût et de délicatesse auprès du charmant modèle que j'ai sur mon sein ! Ah ! tu fais passer ton amie dans un séjour de délices inconnu à son ame depuis longtemps ! Les expressions me manquent ; il faut se fortifier de raison quand on possède un tel être que toi. Pardonne à ton amante des répétitions éternelles dans ses bêtes de lettres. Jamais je ne suis tranquille quand je t'écris ; c'est toujours un secrétaire en épine sur lequel je dis mal à mon bon *** que je l'aime ! Mon dieu, si tu savois que ta promenade du bois de Boulogne est joliment peinte ! Tu as trop d'esprit pour moi, c'est sûr ; tu finiras par voir que je ne suis qu'une imbécille !...

Je dîne aujourd'hui avec ***. Je vais amener la conversation sur le dépositaire de toutes mes affections : c'est une grande jouissance pour les absents ! Si tu as le loisir de rappeler la recluse, pourquoi ne pas le faire sur-le-champ ! Il n'y a pas de fatigues qui tiennent ; j'irai portée sur les ailes de l'Amour. Est-il une plus aimable façon de voyager ?

Adieu, mon ami, je ne puis rien dire sur mon état ; j'espère toujours.... Je caresse bien tendrement un frère

11 *

bien-aimé pour sa sœur Minette. Je te porterai les lettres.

***

~~~~~~~~~~~~~~~~~~~~~~~~~~~~~~

XXXIIᵉ. LETTRE.

16.

MA chère ame, c'est à toi que je dois me plaindre : mais n'anticipons pas, la fin de celle-ci te mettra au fait : dans ma dernière, je te disois que nous comptions dîner avec ***. Un officier a présenté à *** une lettre de toi; celle dans laquelle tu t'escrimes sur la campagne du personnage insupportable, quand une fois il donne essor à son humeur fougueuse. On ne peut pas se peindre l'émotion que j'éprouvai en voyant ton écriture ! on me demanda, c'étoit ***, si je la connoissois, cette peinture ; je dis que quelques lettres adressées à ***

me la faisoient reconnoître : alors nous
voilà à parler de celui qui m'intéresse
à tant de titres, à vanter son amabilité,
qui n'est rien encore auprès des qualités
de son cœur, bon, généreux ; voilà un
résumé de tout ce qu'on peut dire : on
disoit de plus que tu étois gai sans dé-
tour, que tu étois vraiment un homme
de société. Je disois tout bas : son cœur
est à moi, il est honnête, tendre ; enfin tu es fait pour sentir l'amour comme
tu l'as appris à ta Minette... Combien
une femme est glorieuse quand toutes
les actions de son amant peuvent se
marquer au coin de toutes les vertus !
J'éprouve bien que l'éloge de ce qu'on
aime est une grande jouissance ; aussi
puis-je dire avec Dorat : *Je respire l'en-*
cens que l'on brûle pour lui. Que ma
plume est peu capable de tracer ici
tout ce que je ressens pour mon divin ***! Me voilà, comme Rousseau,
desirant le pinceau d'Albane et celui

de Raphaël, ou la plume du délicieux Hamilton, pour décrire les plaisirs que l'amour m'envoie dans les moments les plus critiques de ma vie. Comme elle est parsemée d'épines ! Ne nous arrêtons jamais aux tristes images, quand c'est à l'idole de tout son être qu'on écrit. Tu lis l'immortel auteur d'Emile dans ce moment ; comme il savoit bien tout ce qu'on peut se dire quand on s'aime ! comme il peint joliment les nuances de deux cœurs véritablement épris ! mais aussi à combien de peines ne sont-ils pas en proie ! .... Comparons, mon aimable ami, cet instant avec ceux que les flots enlèvent en murmurant ; nous vivons dans une douce tranquillité. Comme les choses changent dans ce siècle ! je m'aperçois que j'arrive petit à petit à l'article des chagrins ; il faut tôt ou tard parler. Hier nous revenions paisiblement dans notre humble appartement, j'étois cruellement assoupie sur une idée de querelle. On commence par me demander si je savois ce que j'avois d'argent dans mon secrétaire ; je réponds froidement que je ne m'amusois pas à me salir les mains cent fois le jour pour le compter : cette réponse parut insolente aux yeux de *** qui avoit intention de faire du bruit ; elle m'invectiva avec des expressions ordinaires ; je me mordois les lèvres pour ne pas répondre : comme je m'obstinois à garder le silence, elle prend mon bonheur (c'est mon souvenir) ; elle me menace de le briser en morceaux, si j'étois si opiniâtre dans mon silence. On ne résiste pas à de semblables menaces : je lui dis, sans me déconcerter : Il m'importe peu que vous brisiez ce bijou ; il n'a aucun prix à mes yeux, sinon la fantaisie qui me le fit prendre. Comme elle vit que je n'avois pas l'air chagrin, si elle me le

cassoit ; elle le remit avec dédain en
disant : Il est beau ! …. Je ne pus m'empêcher de rire de la sottise des pauvres
humains qu'on désarme avec bien peu
de paroles. Elle m'a fait malgré tout une
révolution épouvantable ; j'en suis
toute malade aujourd'hui. Comme elle
me voyoit pâle ce matin, elle m'a demandé grace de sa brutalité : je pardonne par une bonne raison, c'est que
je suis l'amie de la paix ; d'ailleurs
pourrois-je avoir le moindre vice dans
le cœur ? celui qui le possède les en a
chassés. Oh, mon cher frère ! si tu savois les larmes que me font verser
l'Amour ! recueille-les, elles sont toutes pour toi ; tu es ma vie, mon bonheur ; si je ne t'avois pas, je serois
bien isolée. La société de cette ville
peut avoir des charmes, mais pour un
autre cœur que le mien ; il et si plein
de toi que je vivrois seule dans une
isle déserte ; je me trouverois en très

bonne compagnie avec les nobles hôtes
des bois. Juge d'après cela à quel point
je t'adore. Je n'ai aucune retenue dans
mon style; eh bien! il est froid encore
auprès de ce que je voudrois te prouver : je t'assure que je ne puis trop me
répéter sur un sujet qui remplit mes
plus doux loisirs. Je laisse à ton amour
et à ta sagesse à hâter le moment qui
doit nous rendre fous tous deux. Je te
prie bien d'être certain que mon amour
pour toi ne sera jamais susceptible d'al-
tération. Oh! jamais..... Je t'embrasse
bien tendrement, t'aime de même,
et suis, avec tout ce que tu peux inspirer, ton amante sœur, ***.

P. S. On prétend que l'on apprendra
des choses sérieuses sur mon compte :
je lui chante :

« L'emportement et les menaces ne
« sont point les liens des cœurs.... »
Elle est assez fine pour concevoir cette
épigramme.

J'ai un violent mal de tête ; j'ai
peur que ce ne soit un avant coureur.....
Il faut s'armer de philosophie ; et, si
la chose n'a pu réussir , se promettre
de ne pas la manquer une autre fois.
Penses-tu comme moi ? Oui , tu ris ;
ce sera bien pis quand nous y serons.....
tu entends, quand nous serons à la campagne..... Je te mords un œil , et puis
une joue , et puis le front , et puis
la b...... Je n'ai rien dit qui puisse
offenser votre modestie , dites ?

Adieu , mon Caton de loin , mais
mon diable de près. Je te donne le
plus charmant baiser que tu puisses
jamais recevoir.

⁂.

~~~~~~~~~~~~~~~~~~~~~~~~~~~~~~~~~~~~

XXXIIIᵉ. LETTRE.

17.

Est-il possible de jeter l'alarme dans le cœur d'une femme que l'on dit aimer et d'une manière aussi perfide ! Votre invention nouvelle d'écrire aussi amoureusement à votre meilleure amie lui a valu de se trouver mal à mourir, au point que toute la journée j'en ai eu le tremblement. Si vous saviez avec quel plaisir je lis vos lettres ! j'étois seule, enfermée dans ma chambre à coucher, baisant mille fois celle qui m'apportoit les vœux d'un cœur que je crois tel que le mien ; je la décachète bien doucement, crainte de perdre un seul mot, je l'ouvre avec une émotion douce qui répand sur l'écrit une teinte bien amoureuse : jugez donc,

méchant, quelle a été ma surprise !
mes yeux se troublèrent, je n'étois pas
encore à l'endroit où vous me dites que
vous voulez me perdre ! je laisse tom-
ber la fatale épître ; les larmes succé-
dèrent bientôt. Après être revenue de
mon évanouissement, je me suis traî-
née dans la pièce où étoit ***, je ne
pouvois articuler, elle me fit prendre
un verre d'eau : enfin je résolus d'ache-
ver ce qui me faisoit tant de mal.....
Je ne suis pas tranquille, il me semble
qu'il y a un fond de vérité dans ce que
tu as écrit ; je ne pourrois jamais me
servir d'un pareil langage, si je n'étois
incline à raisonner ainsi. Je sais, sans
que tu le fasses apercevoir, que j'ai
pu être coupable ; mais, mon cher ***,
il serait bien cruel que toi que j'ai mis
au-dessus du vulgaire, je retrouvasse
en toi un homme tout ordinaire qui se
sert de moyens rebattus pour se déga-
ger : je ne pouvois, sur-tout en jugeant

d'après mon cœur, croire que l'absence
pût faire oublier qu'on a une amie
aussi craintive que délicate, et que
jamais il ne faut jouer avec une chose
qui d'un instant à l'autre est sur le
point d'arriver.... Je sais trop pour te
cacher ce que je viens d'éprouver : ce
n'est pas mauvais caractère, je te le
proteste, c'est le malheureux génie
qui me poursuit qui pourroit ajouter
à tous mes maux celui que tu ména-
geois dans ta lettre. Toi que je chéris,
tout en me plaignant de ton vilain ba-
dinage, je t'en supplie, si tu m'aimes
autant que je le fais, souviens-toi que
les plaisanteries envoyées à une femme, qui certes n'est point heureuse,
ne peuvent que la faire mourir de sai-
sissement. Ne badine jamais comme
cela, mon bon ami, ou bien tu me fe-
ras croire qu'il y a de la réalité dans
le fait. Si tu veux examiner une chose,
ton amie n'a jamais ni par paroles ni

par actions cherché un instant à troubler la sécurité que deux ames hon-
nêtes goûtent en s'unissant.... Je
romps à jamais aussi sur ce sujet qui
déchire mon cœur, je te pardonne une
faute commise par étourderie ; voilà
tout ce que je puis dire pour la pallier;
j'ai tant de plaisir à ne pas te coire
coupable ! Donne vîte un baiser pour
gage de la paix.

J'ai le cœur gros ; *** m'a dit hier
dans son petit ton d'humeur qu'elle
partoit pour *** sous deux jours : j'ai demandé d'être compagnon de voyage ;
on m'a répondu avec galanterie que,
si je voulois y aller, on resteroit à ***
Voilà du mic-mac, comme tu vois.
Si je n'ai pas le bonheur de la suivre
arrange, ma bonne, les affaires pour
qu'elle n'aille pas à la campagne seule
renvoie-la bien vîte, si elle est d'une
humeur exécrable ; pourtant tout va
bien : mais examine si je suis un mo-

ment paisible ; toujours de nouveaux pleurs à verser ! Pardon, mon cher tout, si je t'entretiens continuellement d'affaires aussi insipides ; j'ai acquis le droit de t'aimer toujours ; mais de t'ennuyer cela est un peu fort ! Madame *** vient de m'écrire, elle dit que tu es engagé à venir à *** avec elles deux. On ne m'a fait aucune objection relative à cette invitation de la part de deux amies. Le mal de tête n'a pas eu la suite que je craignois qu'il n'eût. Hélas ! jamais je ne supporterai avec plus de plaisir un pareil fardeau ! Je ne puis m'appesantir sur un bonheur qui n'est encore qu'idéal…. J'aurois au moins la liberté de le voir celui-là, tandis qu'on m'éloigne avec satisfaction d'un être qui a bien besoin des caresses de sa mère. Tu pourras, mon ami, trouver cette lettre un tant soit peu triste ; qui ne le seroit pas à ma place ? tou-

I   12*

jours une humeur chagrine autour de moi ; quand le front se déride, c'est pour parler argent ; je maudis mille fois ce métal, quand je pense que la moitié des hommes ne respire que pour lui. Je te dois un hommage, mon cher frère, c'est que tu es dégagé de ce mauvais esprit ; tu es noble dans tout ce que tu fais, tu es mon amant aussi, car sois certain qu'une ame commune n'auroit pu s'allier si étroitement à la mienne.

Adieu, tout ce que j'aime, porte-toi bien. Si tu vois ***, parle-lui de moi sans affectation : il s'est plaint que tu m'avois placée la dernière dans ton énumération sur les femmes aimables qui étoient à la campagne ; vois comme c'est ridicule de trouver mauvois une chose tout ordinaire ! j'ai cru devoir t'excuser dans cette occurence comme dans toutes les autres, sois-en bien convaincu comme de l'amour que je te vouerai dans toutes les occasions de la vie. Si j'avois été avertie plus tôt du voyage, tu l'aurois empêché ; c'est M.*** qui l'y envoie.

Je t'embrasse avec toute la tendresse que tu m'inspires , et suis avec un re-doublement d'amour (s'il est possible), ton amie et tendre sœur pour la vie, aussi ta petite Minette.

P. S. Le commencement de celle-ci est dur ; mais aussi, monsieur, pourquoi me prévoquer d'une manière sembla-ble ? C'est bien fait si vous êtes chagrin.

J'ai sur mon cœur ta lettre du 16 , demain je ferai en sorte d'y répondre : tu sais avec quel plaisir je pardonne , mais pour cela il ne faut plus m'offen-ser. Fais-moi donc venir , je porterai tes lettres , à l'exception des deux pre-mières que les embarras de l'arrivée me firent sacrifier. Tu vois par ma lettre que je ne prononce pas sur mon état ; je desire et je tremble !.. Cent baisers !

On m'a fait la grace de me lire ta
lettre ; écris-lui, songe que tu es son
étoile polaire. Adieu, mon demi-dieu
quand vous me faites mal, et le roi des
dieux quand vous écrivez sagement.

Si je ne puis aller à *** avec ***, je
change tout en secrétaire, en papier,
en encre, en plumes, et me voilà heureuse encore de ma peine, puisqu'il
me restera la consolation de dire (mal
à la vérité) ce que je pense à mon cher
bien aimé frère.

***.

~~~~~~~~~~~~~~~~~~~~~~~~~~~~~~~~~~~~~~~

XXXIVe. LETTRE.

18.

JE vais te dire avec l'intéressante
Julie, baise cette lettre et saute de
joie ! J'arrive avec elle le 9 à dix heures du matin. Il a fallu toute ma tête

pour obtenir une semblable faveur.
Ecoute attentivement, ou, pour mieux
m'exprimer, lis ; voici ce qu'on prépare : On arrive le 9 matin, on te voit
ce même jour, après on se dispose à
partir pour sa campagne passer vingt-
quatre heures, et tout cela s'effectue
avec la compagne fidèle. Je ne voudrois pas que cela se fît ainsi ; il faudroit, mon aimable bien-aimé, que tu
changeasses toutes ces batteries : tu
devrois proposer la partie de campagne avec nous, ou bien, si mieux
aime, il faut l'empêcher d'y aller.
Elle m'alléguoit, pour que je ne la
suivisse pas, que mon état étant in-
certain, il ne fallait pas débuter par
un voyage très-fatigant. Des raisons
aussi péremptoires peuvent avoir accès auprès d'un cœur tranquille et
plein de lui-même ; mais, quand on
est à trente lieues de ce qu'on aime,
on recherche avec soin l'occasion de

revoir celui qui fait le charme de votre vie.... Tu as bien compris mon bavardage ; songe que je serois contrainte de partir à la campagne, que je reviendrois, sans espérance de te voir, puisque nous repartirons quatre jours après notre arrivée. Calcule toutes les choses, arrange-les de manière à me faire plaisir : tu dois entendre que de nous suivre à la campagne seroit un moyen délicieux ; alors tu n'attendrois pas qu'elle dise, ma *** est avec moi. Il faut, au premier bonjour, si cela ne te dérange pas, lui dire : Puisque vous êtes ici, allons à votre campagne ; c'est demain décadi, je suis libre, et vogue la galère ! Tu dis que les femmes sont insinuantes ; elles imaginent que tout doit s'accommoder au gré de leur esprit. Trève de mauvais compliments, et répondons, si je puis, à ta lettre trop charmante que je reçus hier.

Tu dis que tu veux encore rendre un

hommage bien dû à mon esprit, et pour
le rendre, tu te sers d'une plume que
je voudrois avoir en main. Veux-tu
que je fasse un raisonnement là-
dessus ?

Bien des gens disputent tous les
jours sur ce qu'on doit appeler esprit :
chacun dit son mot ; personne n'attache les mêmes idées à ce mot, et tout
le monde parle sans s'entendre. Pour
pouvoir te donner une idée juste et
précise de ce mot *esprit* et des différentes acceptions dans lesquelles je le
prends, il faut considérer l'esprit en
lui-même. Tu sais, mon cher tout aimable juge, qu'on considère l'esprit
comme l'effet de la faculté de penser
(et l'esprit n'est en ce sens que l'assemblage des pensées de l'homme) ;
on doit le regarder donc comme la faculté même de penser. Pour savoir ce
que c'est que l'esprit pris dans cette
dernière signification, il faut connoî-

tre quelles sont les causes productrices
de nos idées : comme je remplirai mal
la tâche que je m'impose, n'importe;
c'est à un ami indulgent que j'écris,
et non à un censeur ; je poursuis en
réclamant tes bontés. Nous avons en
nous deux facultés, ou, si j'ose le
dire, deux puissances passives dont
l'existence est généralement reconnue;
l'une est la faculté de recevoir les im-
pressions différentes que font sur nous
les objets extérieurs ; on la nomme,
ce me semble, sensibilité physique :
l'autre est la faculté de conserver l'impression que ces objets ont faite sur
nous ; on l'appelle mémoire ; et la
mémoire n'est autre chose (en suivant
notre auteur, que j'ai parcouru étant
bien jeune aussi) qu'une sensation
continuée, mais affoiblie. Je t'ai fort
mal rendu ce fatras d'idées : ne me
demande pas si ces deux facultés sont
des modifications d'une substance spi-

rituelle ou matérielle ; je te dirois que
cette question a été autrefois , si je me
rappelle bien , agitée par les philoso-
phes , même débattue par les anciens
Pères ; si tu la renouvelles dans ce
jour , je te répondrai que nulle opinion de ce genre n'est susceptible de
démonstrations , qu'on doit peser les
raisons pour et contre , balancer mes
difficultés , se déterminer en faveur de
mon peu de bon sens , mais faire en
sorte de ne porter que des jugemens
provisoires. C'est donc un problème
que je donne à résoudre ; il en seroit
de celui-là comme de tant d'autres
qu'on ne peut résoudre qu'à l'aide du
calcul des probabilités. Je m'arrête
donc pour te laisser débrouiller mon
chaos d'extravagances ; si tu trouves
de l'esprit dans tout cela , tu seras
bien complaisant. Je renonce à écrire
sur une chose qui m'est absolument
étrangère : quand je raisonne sur l'a-

I   13

mour, je suis certaine de ne jamais échouer dans mon entreprise.

Au revoir, mon époux, mon frère, mon amant, et par dessus tout, mon bon ami. Fais attention à ne pas me compromettre en me voyant : tâche de concentrer ton bonheur comme ta Minette saura le faire.

On ajoutait ce matin que je ne l'aimois plus depuis que je te connoissois. Toujours des atteintes ! J'ai un front d'airain. Cent baisers. Adieu, mon dieu tutélaire !

XXXVe. LETTRE.

Le 20e jour de mon arrivée, moins agréable que la dernière ici.

La ruse fut, dit-on, inventée pour les femmes. Voici une preuve évidente que je vais mettre sous les yeux de

mon tout adoré lecteur : on ne re-
voit pas sans une emotion bien délicieuse des lieux quittés à regret trois
semaines avant ce retour. Pour goûter
ce bonheur à longs traits je me suis
décidée à demander la permission de
coucher seule, en alléguant que j'étois
extrêmement fatiguée de ma route. On
est bien malheureux de ne pouvoir s'ex-
pliquer clairement ; on accorda ma demande avec un gracieux d'ange. Me
vois-tu, après l'avoir conduite dans la
chambre dans laquelle étoient mesda-
mes ***, descendre les escaliers comme
si je devois te trouver dans le coin de
l'alcove : j'arrive dans cette salle avec
un plaisir mêlé de peines ; je regarde
avec un œil humide des pleurs de la
tendresse et des regrets, ce sanctuaire...
Tâchons de voiler ce qui doit être à
jamais mis dans le rang de l'oubli ; il
n'est pas défendu d'en rêver. Je vais
donc me coucher seule dans ce lit ! il

ne veut pas de partage.... Non, non,
ne crains pas que je te foule avec un
mortel ; tu connois celui qui vient exprès des cieux pour recevoir l'encens
des pauvres humains.

Comme il ne faut pas toujours vivre
de souvenirs, je vais entrer en propos
avec mon meilleur, mon sincère ami ;
il faut, mon bien aimé, que tu mettes
un embargo sur la frégate qu'on se
prépare à faire partir le 23 soir, à 11
heures. Tu sens que nous ne pourrions
pas nous voir, et tu penses que je n'ai
point cherché les fatigues d'un voyage
pour d'autre que pour mon petit ***,
que je les oublierai du moment où
sa prunelle se rencontrera avec la
mienne. Mon Dieu que je serai contente ! Il est de toute nécessité que tu
entraves les affaires, afin de l'empêcher de partir avant le 25. J'ai avec
moi mon portrait ; je suis d'avis de te
le laisser ; tu verras s'il me ressemble

assez pour qu'on me prenne dessus ;
tu verras, tu jugeras, tu peseras,
enfin, tu embrasseras. Sais - tu que
j'ai été bien en colère, hier ? J'envoie au *** avec une lettre écrite par
madame *** : on te prioit en grace de
venir. Je dîne chez madame *** ; nous
allons le soir au jardin *** ; j'avois
une dose d'ennui, et un chagrin cui-
sant de la réponse faite par le portier
de l'hôtel ***. *Il est parti pour la
campagne!* J'étois d'une humeur exécrable ; je rentre chez moi de bonne
heure : ce jeune homme qui vint chez
madame ***, le jour du dîner, voulut
me reconduire : refuser étoit ridicule ;
j'accepte : il me donne la main pour
monter chez moi ; on me dit que monsieur (en adressant la parole à monsieur ***) avoit rencontré madame,
or, qu'il étoit inutile qu'elle gardât
le secret sur sa visite de tantôt. Ce
jeune homme croyoit qu'elle se mo-

quoit de lui ; je décide tout cela en la
faisant examiner le monsieur ; enfin,
après un signalement que l'amour re-
connut, je vis que c'étoit celui que
j'idolâtre avec bien du plaisir : je t'assure que, d'accord avec le voyageur
sentimental, je me suis couchée ho-
rizontalement toute la nuit. Je vais
donc placer sur ma colonne noire
les trois jours perdus pour le bonheur. Il faudroit que tu pusses la faire
engager d'une partie de plaisir qui la
tînt jusqu'à onze heures du soir. J'oublie de te dire que je suis marraine le
23 ; mais j'ai demandé d'être libre à
quatre heures : tu t'arrangerois pour
faire occuper.... Je me transporte où
tu veux, nous passons quelques heures
dans un dédale de délices, nous nous
quittons toujours plus épris l'un de
l'autre. Je t'écris tout cela d'ici, et je
profite du moment où chacun est dans
les bras de Morphée pour goûter avec

（ 151 ）

celui que j'adore le plaisir de l'entre-
nir. Arrange toutes ces choses mieux
que mes projets de la lettre que tu as
en date du 18 : je ne puis t'en vouloir
de la non réussite, mais j'ai souffert
cruellement hier.... Respirer l'air que
tu respires, et ne pas te dévorer de baisers et de regards ! ce sont-là de véritables chagrins..... On me recom-
mande l'incognito, crainte que tu l'ac-
cuses de foiblesse de m'avoir permis
de l'accompagner ; tu avoueras qu'il
faut être aussi contrariée que je le suis
pour ne pas lui rire au nez. Songe que,
si tu nous laisses partir le 23 soir, je...
Oh ! j'allois dire ce que je ne pense
pas ! j'aime mieux me taire. Mon cher
bien suprême, digne objet de mes affections, entends par ma voix celle d'un
enfant ailé qui demande aide et assis-
tance. Que cette maison est silencieuse !
elle m'en impose au point que je finirois par y avoir peur : en regardant

ce trône où mon dieu, à genoux sur
les premiers gradins, contemploit dans
l'ombre de la nuit celle dont tous les
battements du cœur étoient pour lui!...
A cette idée je recouvre ma raison, je
me dégage de l'esprit craintif, et je
demeure sur l'image riante du plaisir.
Ceci est un peu épicurien : si on veut
me prouver le contraire de ce que j'a-
vance, c'est vous, ***, que je choi-
sirai pour juger les parties. Malheur à
celui qui ne connoît pas le véritable
plaisir ! c'est lui qui répand sur nous
certain je ne sais quoi qui vivifie. Pardonne tous ces discours ; songe que
je suis dans la pièce où tu m'en fis
plus d'une. Adieu ! adieu !... Eh bien !
regardez-le donc comme il me laisse
aller ! Monsieur, tirez doucement ma
robe, on ne peut pas la déchirer ; alors
j'avance ; je me courbe sur votre épaule,
ma bouche invite la vôtre à s'appro-
cher ; je m'incline de nouveau enfin ;

comme le tourne-sol qui se place en face du soleil ; je me trouve dans vos bras, j'entrelace les miens avec les vôtres, je vous presse tendrement contre un cœur qui vous appartient pour la vie....

Si vous avez envie de m'écrire, il faudra inventer un moyen ; je n'ai aucun domestique ; je vais me coucher ; la nuit va me donner quelques conseils sur ce charmant sujet. Je vais rêver ; cela ne serait pas décent de répéter, si... Je dirai tout ; avec qui serois-je franche, si je ne l'étois avec ma moitié, pour ne pas dire mon tout ? Je me suis endormie, mon cher amant, avec difficulté ; j'avois toujours devant moi une personne que tu connois beaucoup : je n'ai trouvé aucun expédient pour recevoir de tes nouvelles : tu pourrois (ceci n'est pas très laconique) apporter toi-même à la portière une lettre, que tu lui re-

(154)

mettrois à l'adresse de ***, à la charge
par moi de ne la lui présenter que
lorsque nous serons de retour à *** ;
tu lui recommanderois de me prier
de me taire jusqu'au lieu de ma destination. Vois si cela a du bon sens.
Je me repose sur l'amour inviolable
que tu voulus bien me jurer. Il faudra
choisir le moment où elle sera sortie,
et pour en être certain, il faut que tu
fasses ton possible pour l'attirer hors
de chez elle. Si c'étoit Minette, tu
n'aurois rien à desirer de ce côté ; tu
es pour elle la pierre d'aimant ; c'est
un charme irrésistible qui l'a conduit
à t'adorer avec violence. Je tranche,
comme tu peux voir, du grand ; ce
n'est que te dire à moitié ce que je
ressens pour toi que de te parler
ainsi.

J'ai été avec mon fils promener dans
cette belle prairie, je me suis assise
sur cette jolie pelouse, j'ai contemplé

avec plaisir les lieux que nous par-
courûmes ensemble, je me suis sentie
doucement émue au milieu du grand
bois ; je cherchois une cause à ce mouvement involontaire que j'éprouvois
en mon ame : mon ami, c'étoit l'endroit où tu demandois la preuve de
mon amour par le charmant don d'un
baiser. Voilà ce qu'on appelle de la
mémoire ! Je suis revenue m'asseoir
sur une grosse pierre, je me suis placée à l'endroit où tu fus un instant ; je
riois avec toi, je sentois mon cœur se
gonfler, et le charme de l'illusion ne
put jamais m'indemniser de la réalité. J'abandonne avec joie ces bois,
ces ruisseaux, ces prairies, pour re-
trouver dans le sein de la grande cité
celui qui vaut à mes yeux tout ce qui
existe de beau et de bon sur la terre.

J'écris cette lettre ici avant de me
coucher pour la seconde nuit seule ;
je la pose sur mon cœur : elle y pas-

sera la journée du 22 ; je la mets à la poste le soir du même jour ; elle arrive de bonne heure : je m'aperçois que tu l'as reçue aux entraves apportées dans les affaires. Si nous pouvions nous voir, je laisserois.... Non , il faut que je laisse à ta prudence à diriger ce bel ouvrage. Adieu , voilà le plus agréable moment de ma journée! Je remets le plaisir de te caresser tant que je pourrai au jour que tu assigneras. Le souvenir a été du voyage, je le baise cent fois le jour. Hélas ! que de vains soupirs s'exhalent de mon ame, comme ils se perdent dans l'espace ! Tu peux juger de ma position par la tienne..... Je meurs d'amour pour toi.

*** .

~~~~~~~~~~~~~~~~~~~~~~~~~~~~~~~~

XXXVIe. LETTRE.

27 , soir.

JE n'étois point chez moi lors de l'arrivée de ton admirable missive : je la garde sur mon cœur ; elle va me servir de talisman contre tous les dangers que je puis courir. Tu dis être mon écolier dans une de tes précédentes : je l'invoque aujourd'hui pour m'apprendre le sublime secret que tu possède en peignant si tendrement tes sentimens. Mon doux ami, mon bien suprême, je te jure, en partant de cette ville, que j'y laisse mon cœur, mes affections, mon bonheur aussi ; car il n'est plus possible d'en trouver loin de l'objet de son amour. Tu as tout ; tu garderas bien certainement ce petit cadeau de ton amante : n'oublie pas ce que tu lui

14

promis il y a quatre jours ; je ne saurois trop payer mon amour pour toi le sacrifice que tu me fais : sois tranquille, ta Minette ne te compromettra pas ; il sera, ce dépôt précieux, dans un coin d'où il ne sortira que pour être couvert de baisers bien mérités : ne néglige pas de m'envoyer ce gage de ta tendresse ; je lui prodigerai les caresses que mon amour contracte pour toi tous les jours.

Non, la mine n'a point été trompeuse : on s'amuse à te contrefaire ; on chante comme toi ; on dit des jolis riens, comme toi... on m'appelle ma petite sœur, comme toi ; enfin, on veut tout faire comme toi. Ne va pas croire que je veuille parler d'autres choses que ce que tu faisois dans la loge : quand tu écriras, dis à ta sœur (voilà comme il faut t'exprimer) des gentillesses sans égales ; d'ailleurs, puis-je décemment te dicter quelque chose d'ai-

mable, moi ? Ne néglige pas ta grande
sœur. Ne fais pas de confidence, on
t'en fera de fausses pour t'intriguer ;
sois ferme, mon ami, je t'en supplie :
tiens, vois donc comme j'ai la tête
folle au moment du départ ! c'est que
j'ai sur mon cœur une lettre chérie,
que j'entends causer avec lui de mon
cher amour. Adieu, mon tout adorable ; le jour de décadi tu recevras de
ton amie une grande lettre qui sera
plus raisonnable que celle-ci. Voilà
dix fois que je vole de la fenêtre au secrétaire ; il semble qu'il y ait au moins
une armée dans la maison à laquelle il
faut donner des ordres supérieurs : la
porte ne cesse point de s'ouvrir ; si
c'était mon ami, je lui remettrois cet
échantillon de mon mauvais esprit. Je
lui pardonne, parce que mon cœur ne
lui ressemble pas du tout ; il est formé
pour le tien : or il est pur. C'est trop
commun de s'embrasser ; je te dévore ;

non, je te presse doucement dans mes
bras ; non, je ne te quitte jamais... D'a-
près cela, tu sais ce que je te fais.

***

~~~~~~

XXXVIIe. LETTRE.

30.

JE profite d'une occasion favorable
pour te souhaiter un petit bonjour ;
il est donné furtivement, il aura sans
doute du prix à tes yeux. Je me porte
mieux ; mais je ne puis prendre de repos. Mon bon amour, le temps s'écoule ; les longues semaines arrivent ! mais
pas aussi vite que je le desire : l'idée
que ce papier, insensible dépositaire
des mouvements de mon cœur, passera dans tes mains, me le rend cher ;
et je crois le rendre pour toi d'une va-

leur égale, en lui confiant mes plus secrètes pensées. Rappelle-lui, mon doux ami, que de toi dépend le bonheur de ma vie ; que l'absence me tue ; mais n'oublie pas que le temps fera disparoître une légère portion de mes tourments. L'ennui de l'absence diminue à mesure que le temps qui s'écoule fait apercevoir le moment d'une réunion toujours desirée. Je m'arrête avec plaisir à penser à ce *quand nous nous reverrons:* regarde comme cette expression est froide! qu'elle exprime mal ce que mon cœur éprouve! que notre langue est peu riche! Si je les savois toutes, en autant de façons je dirois à mon ami: je t'aime, je ne vis que pour te plaire; mon seul but est de te conserver éternellement pour mon dieu tutélaire....
Quand j'aurai bien écrit cela, je ne t'aurai pas dit la moitié de tout ce que je ressens. Je vais enfin sortir de ma rêverie profonde, pour me livrer à ce

I   14 *

qu'on appelle la société. Je trouve
pourtant que la solitude et la médita-
tion ont des charmes dans certaines
circonstances pour l'être qui aime à
penser ; mais aussi est - elle nuisible
pour celui dont le cœur est pris. Il faut,
et cela quand on est jeune, joindre
avec l'inclination de son cœur les devoirs que le commerce social exige :
or il est de toute nécessité dans ce
monde de sacrifier son goût propre à
celui des gens qui souvent n'en ont
qu'un très mauvais. Je suivrai le tor-
rent, mais jamais les plaisirs ne me fe-
ront oublier que je suis ton amante,
que je veux l'être toujours ; je serai
heureuse de ton bonheur ; ta félicité
sera la mienne. Adieu, mon ame,
mille baisers sont déposés dans cette
lettre pour toi, de la part de ta sincère Minette.

$\star\star\star$

~~~~~~~~~~~~~~~~~~~~~~~~~~~~~~~~~~~

XXXVIIIe. LETTRE.

1er. Prair.

J'USE encore de subterfuge pour t'é-
crire, mon bon ange; on ne cesse d'en-
rer et de sortir. J'ai eu la visite du fat
le*** : on ne perdoit pas un coup-d'œil
de ce jeune homme; ce qui m'en fit apercevoir, c'est que je regardois attentivement ma grande cousine. J'ai écrit à
ma sœur que je lui confierois sous peu
une lettre pour toi. Tu vas dire que j'ai
les idées qui ne sont qu'à moi, en vou-
ant faire d'elle mon ambassadeur en
amour. Je lui destine donc un petit
bâton artistement entre'acé de deux
serpents; l'amitié fraternelle lui four-
nira les ailes : alors elle se présentera
devant ta hautesse dans un costume
mythologique. Prends garde à te laisser

séduire par mon mercure femelle. Comme elle va te sermonner ! elle a des vertus qui sympathisent avec les miennes, mais elles datent chez elle du déluge : ne la prends pas pour décider tes cas de conscience ; tu pourrois n'y pas trouver ton compte. Tu as bien fait de donner à celle que tu dois toujours respecter, un souvenir ; elle, de son côté, t'en a donné deux bien intéressants. Adieu, mon cher *** : aime toujours celle qui, à chaque instant du jour, adresse des vœux bien fervents au dieu d'amour pour qu'il ne te quitte jamais. J'attendrai avec patience le portrait de l'objet de toutes mes plus chères pensées : sois tranquille sur la réception que mon cœur lui destine ; il tressaille à l'idée seule de te posséder en copie. Je te serre contre ce lieu que tu habites en bon hermite, c'est-à-dire seul. Mille baisers, de la part de ta Minette, au bon *** ..... Dis-moi donc si tu as ces lettres qui me firent tant de mal? ne déguise jamais rien à ta meilleure amie, elle ne seroit pas contente si tu lui faisois l'injustice de croire qu'elle ne peut souffrir pour son bien adoré mille fois par jour. Ta constante Minette.

Je me borne à cette petite lettre, à cause de mon Argus.

***

~~~~~~~~~~~~~~~~~~~~~~~~~~~~~~~~~~

XXXIXe. LETTRE.

2.

Ta lettre, mon divin ami, en date du 3o, est digne d'envie; je voudrois pour tout au monde en être l'auteur. Que tu as des idées fraîches et charmantes! est-il rien de plus gracieux que la comparaison de l'étoile? Oh! j'irai avec bien du plaisir dans toutes les routes qui aboutissent à l'endroit que tu désignes, pour te prouver à quel point je serai aise d'y être! c'est que je demanderai à mon cher hôte un certificat de résidence : ce n'est qu'après un certain laps de temps qu'on obtient ce titre, qui vous donne celui de citoyen reconnu. Tu demandes si tu écris assez bien pour me flatter : hélas! mon ami, apprends donc à te connoître; songe que, lorsque tu examines mon talent de peindre, tu ne fais que t'admirer toi-même. Voici comme je l'entends : Quand tu te vois dans une glace, c'est bien elle qui te repète, mais pour cela elle n'est pas toi : je suis la glace qui s'empresse à te représenter comme l'homme du monde le plus délicat, le plus sensible; je dis la vérité sans être pour cela ce que tu es. Or, mon bien aimé, songe, si tu as de la modestie, à ne point vanter ton miroir. Tu crois que je traite d'esprit romanesque celui qui dicte tes écrits : tu oublies donc que je ressens aussi vivement que toi les feux de l'amour ; je n'ai pas ta plume légère ni ta sagacité, mais j'ai une ame qui a été formée pour toi. Je t'engage, mon bien bon ***, de ne te jamais comparer à l'être qui, sous tous les rapports , est plus foible que toi ; tu pourrois perdre infiniment : tu sais que, par l'éducation qu'on nous donne, nous devons acquérir plus de frivolités et de graces que de force et de justesse dans nos idées. Si votre esprit , par le hasard de l'amour, veut se modeler sur le nôtre, vous risquez de vous ressentir de nos mêmes vices : on devroit , en conscience (j'ai des raisons pour me plaindre) , perfectionner l'éducation des femmes , afin de donner plus de hauteur à leur ame, plus d'étendue à leur esprit. Nul doute qu'on ne nous lève aux plus grandes choses, sur-tout en choisissant l'amour pour précep-

teur. Je ne t'ai point parlé d'amour , toi
qui l'inspires par tous les moyens possibles à ta Minette ! Qu'ai-je besoin de m'é-
tendre en vains discours ! J'ai un amant
digne de ma tendresse ; il pourra ré-
former en son amie les abus dont elle
se plaint : tu lui donneras des leçons
dont elle profitera avec docilité. Je ne
compte l'époque de ma naissance que
du moment où je te connus ; ma vie
commence donc de cet instant : enten-
dons-nous, ma vie raisonnable ; je suis
dans l'adolescence , et mon imperfec-
tion peut trouver son excuse dans mon
inexpérience. Je t'assure que j'ai pris
un nouvel être ; les mêmes objets ne
font plus la même impression sur
mes sens : je ne veille plus comme je
veillois, je ne dors plus comme je dor-
mois ; l'amour a créé pour moi des
songes. Quand je suis avec toi, le sommeil ne peut interrompre mon bonheur ; il me semble que mon ame,

avide de te voir est avare des moments; veuille conserver au plaisir les instants même qui appartiennent au repos. Lisez ames froides, cœurs indifférents, lisez : vous n'avez peut-être pas eu mes peines, mais vous n'aurez jamais mes plaisirs ! C'est à toi, ame céleste, que je dois cette heureuse régénération ; je t'en remercie : tu m'as encore donné la patience, don précieux pour nous.

On dit que d'ici à trois semaines on pourra faire une excursion vers la capitale ; je ne recule pas, j'affronte tout, et j'arrive dans les bras du meilleur des humains. On dit dans cet univers que l'absence augmente ou diminue l'amour ; je tiens au premier point, et l'autre ne doit avoir accès que chez les êtres qui n'aiment que pour la jouissance animale. Quant à nous, qui pouvons nous regarder comme les uniques de ce siècle, notre amour est trop identifié en nous pour se rebuter de l'absence : d'ailleurs je ne lui refuse pas le droit de griffonner; il adresse tous les jours à son frère le fruit de ses réflexions. J'en fais un grand homme, comme tu vois. Le tien aura une éducation différente (il a des rivaux dans ta maison), tandis que le mien est seul avec son institutrice. Il faudra, mon bon ami, que tu arranges ta bonne et douce physionomie dans quelque chose qui n'ait aucune apparence : tu pourras avoir un secret que tu confieras à ta Minette ; celui-là sera le mien, puisque vous n'avez pas voulu me faire part du vôtre... Voilà quelqu'un.... Adieu, adieu ; je suis, avec une satisfaction toujours nouvelle, ta plus tendre comme ta plus sincère amie et sœur Minette.

P. S. Je reçois celle du premier du moi ; je réponds vite au dernier paragraphe. O ma chère ame, ne garde pas rancune contre celle que la peine aveu-

gla au point de te confier ce vilain secret ; sois certain que jamais je ne te
ferai de peine : oui, c'est à la confiance
aveugle que j'ai en toi, que j'ai osé
transcrire ce qui me fit tant de mal.
Je compte assez sur ta délicatesse pour
pardonner une étourderie faite sans
l'avoir raisonnée. Je ne te dirai plus
rien, puisque tu t'offusques si facilement. Monsieur, je ne suis pas si sévère avec vous; je n'ai point l'amour-
propre assez mal placé pour me blesser de ton adieu ; mais je puis t'observer que tu aurois dû conserver la générosité énoncée dans ces deux mots :
*Ce n'est qu'à la confiance que tu as
en moi que je veux bien pallier la
sottise que tu viens de faire.* Ce
ne sont pas tes expressions, mais peu
s'en faut.

Je suis, malgré vous, monsieur ***,
votre très-humble amie qui ne rougira

jamais d'avouer un tort, sur-tout involontaire.

*.***

~~~~~~~~~~~~~~~~~~~~~~~~~~~~~~~

XLe. LETTRE.

3.

Tu as, mon cher ami, un esprit bien
ardent ; il y a de la conscience de te
gronder : quand tu fais une sottise,
je suis bien certaine que tu la fais
toujours sans réflexion. Tu es fou ;
cent fois fou. Quoi ! tu proposes à
celle qui te connoît comme elle-même,
pour une preuve nouvelle de ta tendresse, de courir les hasards ! Mon
cher chevalier ! je croyois, en vérité,
ces temps passés, et je ne souffrirai
jamais que tu ramènes ces extravagances ; tu ferois croire que je ne
t'aime pas. A comparer nos styles et

nos travaux d'esprit , je suis d'un froid de glace ; pourtant, de toutes les passions, l'amour, sans contredit, est celle que les femmes sentent , et qu'elles expriment le mieux ; nous n'éprouvons les autres que foiblement et par contre-coup : celle-là nous appartient ; elle est le charme et l'intérêt de notre vie , elle est notre vie , elle est notre ame : nous devrions , d'après cela , mieux réussir à la peindre. Je ne veux pas prouver par ce discours que tu aimes moins que ton amie ; mais je prétends que vous avez une manière audacieuse dans vos projets qui ne cadre point avec la nôtre : vous avez le droit d'attaquer, et nous, nous avons celui de défense , et les desirs timides qui attirent en résistant. L'amour chez vous est une conquête, et chez nous autres un sacrifice ; vous fortifiez vos desirs en les développant , une contrainte passagère allume chez nous les passions ; mais il faut tout craindre quand elle est durable. Tu veux me récompenser de ce que j'ai une chaîne de fleurs. Oh ! laisse-m'en supporter le poids, il est délicieux,.... Ne crois pas que jamais ma bouche s'ouvre, pour se plaindre de l'avoir prise ; elle est douce ; c'est elle qui anime mon esprit, qui donne de la force à mes expressions, c'est elle qui me fait trouver le bonheur, c'est elle enfin qui m'attache à toi pour la vie. Si par hasard une rose s'en détache, j'invoquerai l'aimable Flore pour en substituer une autre à la place de l'infidèle.... A présent voilà la grande question, mon cher ***. Quel est des deux sexes le plus propre à l'amour ? Je vais tâcher de plaider pour le mien. Montaigne qui a si bien connu ou deviné la nature, et qui nous a volé, il y a deux cents ans, une partie de la philoso-

phie de notre siècle , a décidé nettement la question contre les femmes.
Ne fais pas comme lui sur cet objet ;
il prononce plutôt qu'il n'examine :
j'ai remarqué que dans tout son livre
en général il rend peu de justice aux
femmes. Peut-être est-il comme ce
certain juge qui craignoit tant d'être
partial , qn'il avoit pour principe
de faire perdre le procès à ses amis.
Là-dessus , si Montaigne existoit
encore , je lui dirois : Vous convenez, sans doute, que l'amour est le
sentiment de deux ames qui se recherchent et qui ont besoin de s'appuyer
l'une sur l'autre : or il sembleroit
qu'entre les deux sexes, celui dont la
tête et les bras sont le plus occupés ;
qui est le plus distrait, qui est le plus
libre, qui peut ainsi plus hautement
répandre des idées et déployer tous ses
sentimens , et qui souvent, dans la
prospérité, jouit plus par l'orgueil ;

qui, dans le malheur, est plus humilié qu'attendri ; qui, dans tous les
états, a la conscience de ses forces et
se les exagère, peut se passer bien
plus aisément du commerce et des
doux épanchement ; mais nous autres
pauvres femmes, tendres et foibles,
et par-là même ayant plus besoin
d'appui ; dans l'intérieur de nos maisons plus exposées aux chagrins et aux
peines secrètes ; ayant avec cela de ces
douleurs de l'ame qui affectent plutôt
la sensibilité que l'orgueil; dans ce
monde, forcées presque toujours de
jouer un rôle, et remportant avec nous
une foule de sentiments et d'idées
que nous cachons et qui nous pèsent:
les femmes enfin, pour qui les choses
ne sont rien, et les personnes presque tout; les femmes en qui tout réveille un sentiment, pour qui l'indifférence est un état forcé, et qui ne savent qu'aimer, rarement haïr, sentent,

pour me résumer, plus vivement que vous le plaisir du commerce secret, et les douces confidences que l'amour donne et reçoit. Voilà, mon ami, une longue dissertation, pour te dire avec une façon nouvelle, je t'adore, je vis pour te plaire, tout mon bonheur est de te plaire.

Je finis à regret un entretien qui me séduit au dernier point. Tu es un méchant de m'accuser d'avoir osé faire le sacrifice de tes lettres en faveur du feu. Non, je t'assure que je n'y ai point touché, après te les avoir remises ; peut-être sont-elles restées sur la cheminée de la chambre dans laquelle nous dînâmes. Tu es un étourdi sans copie : tu dis à .***, sœur chérie ! Mon dieu, que tu es peu prudent ! Ne crois pas que jamais on s'en aille, et qu'on me laisse seule. Tu as dormi, depuis ta folie de voyage, et tu auras en ton ame donné à cette idée le nom d'enfant de l'imagination exaltée : je le prends sur ce ton pour te remettre à la raison. J'ai bien senti le mouvement qui portoit ta plume à tracer les vœux de ton cœur ; mais, mon divin ami, tout le défend. Tu peux quand tu voudras nous faire venir. Pourquoi serions - nous plus malheureux que la dernière fois ? L'amour n'est-il pas là avec ses jolies petites ailes ?...

Je pourrai laisser en paix la grande cousine, et lui donner un laisser-passer toute seule pour sa campagne.... Je viens d'avoir une peur qui compte ; j'en suis toute tremblante : je croyois cette aimable fille sur mes épaules ! ... Adieu mon cher amour : sois prudent ; ménage celle qui t'adore ; cache bien mes lettres, ma figure, tout... Enferme cela dans ton cœur, c'est le palais que l'amour lui destinoit depuis long-temps. Je te caresse bien tendrement. Ta Minette

(179)

pour la vie, Pardonne le désordre qui
regne à la fin de celle-ci ; je t'écris
sur le feu.

* * *

FIN DU PREMIER VOLUME.

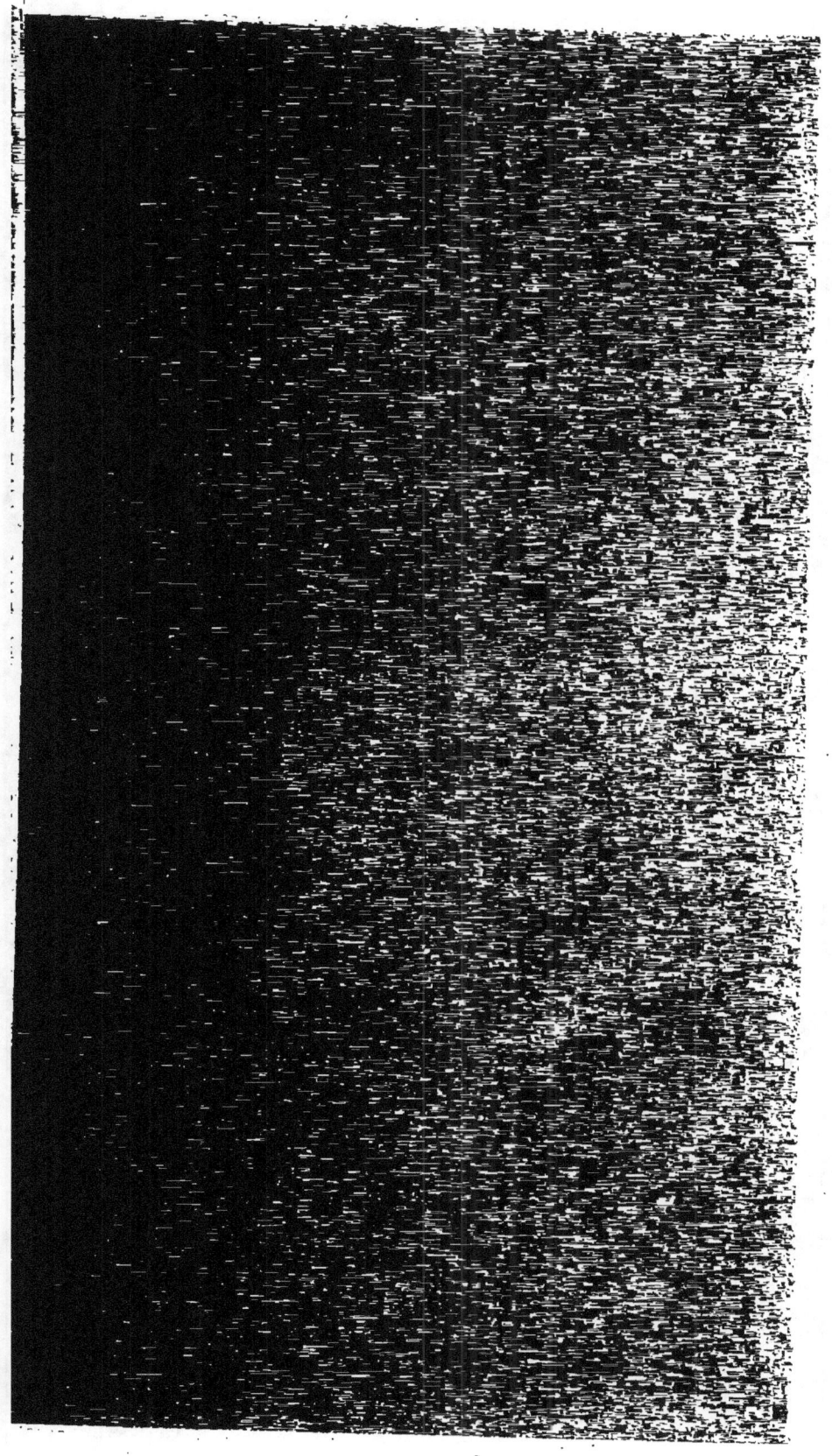